Christoph Andreas Marx

Das Leben ist ein rätselhafter Hauch

ÅF191783

Wer ist der Autor der seltsamen E-Mail? Und was bezweckt er? - Thomas Arcus steht vor einem Rätsel. Der
unbekannte Absender, ein gewisser Arouet, scheint ihn
genau zu kennen. Aber die Worte ergeben keinen Sinn.
Gemeinsam mit Freunden versucht Arcus Klarheit zu
gewinnen. Andeutungen werden aufgedeckt, aber die
Sache bleibt rätselhaft.
Thomas Arcus findet keine Ruhe, ahnt, dass mehr dahinter steckt. Er versucht die E-Mail zurückzuverfol-
gen. In Gedanken reist er in die eigene Vergangenheit,
durchlebt noch einmal Schlüsselmomente seiner Jugend. Ein Studienfreund käme als Absender in Frage,
aber der ist seit einem Jahr tot.
Er fordert Arouet mit einer E-Mail heraus, sich zu erkennen zu geben, und erhält eine ungewöhnliche Antwort: eine Einladung auf die Ile de Ré an die Atlantikküste Frankreichs.
Die Fahrt zum Atlantik wird zu einer Reise surrealer
Begegnungen. Auf der Ile de Ré angekommen, macht
sich Arcus auf die Suche nach Arouet ...
Eine Geschichte über alte Themen: Freundschaft, Liebe
und Tod.

Christoph Andreas Marx, Jahrgang 1960, lebt in Min-
den/Westfalen.

Christoph Andreas Marx

Das Leben ist ein

rätselhafter Hauch

Roman

Für Lea

Impressum:

Christoph Andreas Marx
Das Leben ist ein rätselhafter Hauch

ISBN 3-8334-0479-5
© Christoph Andreas Marx

Umschlagbild: Anja Marx, „Frau in Rot", 2003
Druck und Verlag: Books on Demand GmbH,
Norderstedt · 2004
Alle Rechte vorbehalten · Printed in Germany

„Von allen Werken Gottes
ist dem Menschen nichts unbekannter
als die Spur des Windes."
Michel de Montaigne, Essays

Prolog

oder

Warum der Chevalier de Seingalt Unrecht hat

An Friedrich II., König von Preußen

Ferney, 6. Januar 1778

Sire,
großer Mann,

wie unterweisen, wie trösten, wie stärken Sie mich in all meinem Denken am Ende meines Lebens! Eure Majestät oder vielmehr Eure Humanität haben wirklich Recht; der ganze metaphysische, theologische fanatische Plunder ist zweifellos das Verächtlichste, was wir haben, und doch wird man über diese idiotischen Hirngespinste so lange schreiben, wie es Universitäten gibt und falsche Geister und Geld zu verdienen. So dachte der große Condé in seiner Zuflucht in Chantilly; so denkt der große Friedrich in Sanssouci.
Als ich Eurer Majestät den Sieur Ralph vorschlug, um Eure neue Bibliothek einzurichten, wusste ich nicht, dass Sie bereits mehrere Literaten mit diesem Dienst

betraut hatten. Ich schlug ihn als einen arbeitsamen, pünktlichen Mann vor. Ich hatte seine Talente auf diesem Gebiet erprobt und wagte ihn als einen Subalternen vorzustellen, der für die Sache gut getaugt hätte. Nun schreiben Sie mir, Sie spielten mit dem Gedanken, in Minden eine Provinzialbibliothek einzurichten, deren Leitung Sie dem Sieur Ralph zu übertragen gedenken.

Indessen, Sire, bin ich Ihnen sehr verpflichtet, so sehr, dass es mir keine Ruhe lässt, Sie zu gemahnen, diese Entscheidung zu überdenken. Mehrfach habe ich, von Versailles oder von London oder Cirey kommend, auf dem Weg zu Ihnen über Wesel und Lippstadt diese Gegend passiert. Zweimal erlitt die Kutsche kurz vor Minden Achsenbruch. Ein andermal blieb man im Morast stecken.

Diese Gegend entbehrt derart gänzlich jeglicher Kultur, dass man sich kein schlimmeres Nest vorstellen könnte. Selten Sonne, wohl an zweihundert Tagen Regen. Als Kenner meiner Werke wissen Eure Majestät, warum ich gerade hier meinen „Candide" beginnen ließ. Was sollen diese ungehobelten Bauern, deren Sprache mir nur als ein ungehobeltes „Thundern" und „Troncken" in den Ohren geblieben ist, mit einer Bibliothek?

Sie schreiben, Sire, der Chevalier des Seingalt habe sich bei einem Besuch in Sanssouci denn gar lobend über diese Gegend geäußert.

Im Jahre 1761 hatte ich den Chevalier auf Schloss Ferney zu Gast. Dabei überließ er mir einige Abschriften seiner Werke, die Memoiren, die meines Wissens noch nicht gedruckt wurden. So sehr ich den Chevalier als gewandten, geistreichen Mann schätze, so muss ich in Kenntnis seiner Memoiren Eurer Majestät mitteilen, dass der Chevalier des Seingalt nie wirklich in Minden gewesen zu sein scheint oder doch zumindest dies nicht ad oculos beurteilt haben kann.

Mögen Eure Majestät die Sachlage selbst prüfen, so liegt diesem Brief eine Abschrift der entsprechenden Passage der Memoiren bei.

Sire, Sie haben die Vorurteile wie Ihre übrigen Feinde besiegt. Sie ernten die Früchte Ihrer Einrichtungen jeglicher Art. Sie sind der Sieger über den Aberglauben wie die Stütze der germanischen Freiheit.

Leben Sie länger als ich, um alle Reiche zu befestigen, die Sie gegründet haben. Möge Friedrich der Große der unsterbliche Friedrich sein!

Empfangen Sie gütigst den tiefen Respekt und die unverletzliche Anhänglichkeit von

Voltaire

Anlage

Abschrift aus den Memoiren des Chevalier de Seingalt:

Nach einem heiter verlaufenden Frühstück ging ich zu meinem bereitstehenden Wagen und verbeugte mich vor dem General und der ganzen Gesellschaft, die mit hinausgekommen war, um abzufahren. Redegonda fragte mich, ob mein Wagen bequem sei, und stieg ein; ich tat ganz einfach das gleiche, ohne damit eine Absicht zu verbinden. Aber zu meiner nicht geringen Überraschung fuhr der Postillion sogleich in scharfem Trab los. Ich wollte ihm gerade zurufen, er solle anhalten, als ich sah, dass Redegonda aus vollem Halse lachte; so ließ ich ihn weiterfahren, war jedoch bereit, sogleich halten zu lassen, wenn Redegonda zu lachen aufhören und mir sagen würde, es sei genug. Aber das tat sie keineswegs; wir waren bereits eine halbe Meile gefahren, als sie zu sprechen begann.

„Ich habe so sehr gelacht", sagte sie, „weil ich dran dachte, wie meine Mutter diesen unerwarteten Streich auslegen wird; denn ich wollte ja nur für einen Augenblick in den Wagen steigen. Dann habe ich über den Postillion gelacht, der mich sicher nicht in Ihrem Auftrag entführen sollte."

„Sicher nicht."

„Doch meine Mutter wird das Gegenteil glauben. Ist das nicht lustig?"

„Sehr lustig; aber das Abenteuer gefällt mir sehr. Meine liebe Redegonda, ich werde Sie nach Braunschweig mitnehmen; hier sitzen Sie doch besser als in der Postkutsche."

„Oh, das hieße den Scherz zu weit treiben. Wir werden bei der ersten Station anhalten und dort auf die Postkutsche warten."

„Das steht Ihnen frei; aber ich kann Ihnen diesen Gefallen wirklich nicht tun!"

„Was! Sie wären imstande, mich ganz allein auf der Station zu lassen?"

„Niemals, meine reizende Redegonda. Sie wissen, dass ich Sie stets geliebt habe. Ich bin bereit, ich wiederhole es, Sie nach Braunschweig mitzunehmen."

„Wenn Sie mich lieben, werden Sie warten und mich in die Arme meiner Mutter zurückführen, die schon ganz verzweifelt sein muss."

„Mein liebes Herz, rechnen Sie nicht damit."

Da begann die junge Närrin von neuem zu lachen, und während sie lachte, fasste und durchdachte ich den reizenden Plan, sie mit mir nach Braunschweig zu nehmen.

Wir hielten an der Station, doch standen keine Pferde zur Verfügung; ich stimmte den Postillon willfährig, und so fuhren wir nach einer kleinen Erholungspause bis zur nächsten Station, die wir wegen des schlechten Wetters erst in der Abenddämmerung erreichten. Ich bestellte Pferde und ließ Redegonda reden, was sie wollte. Ich wusste, dass die Postkutsche dort vor Mitternacht eintraf und dass sich dann die Mutter der Tochter wieder bemächtigen würde. Ich wollte nicht nur die Vorwürfe haben. So fuhr ich die ganze Nacht und hielt frühmorgens in Lippstadt, wo ich trotz der ungebührlichen Stunde eine Mahlzeit bestellte. Redegonda hatte ebenso wie ich Bedürfnis nach Schlaf; aber sie musste sich fügen, als ich ihr in aller Sanftmut mitteilte, wir würden in Minden schlafen. Das entlockte ihr ein Lächeln, denn sie wusste wohl, was sie dort zu erwarten hatte. Wir aßen in Minden zu Abend und verbrachten fünf Stunden im gleichen Bett. Sie ließ sich nur der Form halber ein wenig bitten. Nach unserem allzu kurzen Aufenthalt in Minden gelangten wir am Abend nach Hannover, wo wir in einem ausgezeichneten Gasthof köstlich speisten. Der Kellner hatte eine Süßspeise aus zehn Zitronen mit Eis zubereiten lassen, die uns nun zugute kam. Dann legten wir uns in einem französischen Bett schlafen.

Am nächsten Morgen erwachten wir von dem Lärm der vorfahrenden Postkutsche. Redegonda wollte nicht, dass ihre Mutter sie im Bett fand, und so rief ich nach dem Kellner, um ihm zu sagen, er solle die Frau, die beim Aussteigen aus der Kutsche nach uns fragen werde, nicht in unser Zimmer führen; aber dazu war es zu spät. Im gleichen Augenblick, als ich die Tür öffnete, erschien die Mutter mit ihrem Sohn und fand uns beide im Hemd. Sie drohte mit Vergeltung, wenn ich ihr die Tochter nicht sogleich zurückgäbe.

*

An Voltaire

Sanssouci, 14. Januar 1778

Ich sende Ihnen, mein lieber Freund, meinen herzlichen Dank. Ihr Rat ist mir wie so oft große Hilfe. Nicht darf ich Ihnen verhehlen, dass Ihre Aufklärung der Sache zugleich zum Quell meines Amüsements gereicht hat. Seien Sie versichert, dass ich dem Sieur Ralph eine seiner Professio angemessene Aufgabe zuteil werden lasse. Es ist mir ein besonderes Anliegen, Männer nach ihrem Verdienst Gerechtigkeit erfahren zu lassen, heißt, die Talente und Tugenden zu ermutigen, die einzige

Belohnung für schöne Seelen. Man ist sie allen denen schuldig, welche in höherem Grade die Wissenschaft pflegen. Sie verschaffen und sie erhalten Freuden des Geistes, welche dauerhafter sind als die des Körpers. Sie breiten Reiz aus über die ganze Länge des Lebens. Sie machen unser Dasein erträglich und den Tod weniger schreckhaft. Doch raten Sie mir, mein lieber Freund, was meinen Untertanen im alten Minden ich zu tun gedenken sollte. Soll es auf alle Zeiten ungehobelt „thundern" und „troncken"?

Ich bleibe im übrigen Ihr König

Friedrich

E-Mail für dich!

Es ist ein milder, aber klarer Februarnachmittag. Die Sonne durchflutet mein Studio im 2. Stock. Ich habe mir selbst frei gegeben, denn Tage wie diese sind selten im Februar. Sie vertreiben die melancholische Winterlaune und lassen die Leichtigkeit des Frühlings und die Kraft des Sommers erahnen. Welch ein Tag!

Vergessen die Arbeit an den Schulbuchmanuskripten, der Ärger über Autoren, die das Konzept der Reihe einfach nicht verstehen wollen, vergessen die penible Arbeit an der Stimmigkeit didaktischer Zusammenhänge, an stilistischen Finessen, an den Details des Seitenlayouts, die besonders bedacht werden müssen, bevor das Buch- natürlich wie immer unter Termindruck - in die Produktion gehen kann.

Ich habe in dem alten Sessel vor den Lautsprechern Platz genommen und eine CD von den „Stones" aufgelegt. Reine Nostalgie. Wie war das damals, als Synthesizer und Computer der Musik noch nicht ihren Stempel aufgedrückt hatten? It's only Rock n' Roll. Einfache, treibende Rhythmen auf dem Schlagzeug, angezerrte E-Gitarren und die provokante Stimme des Sängers. Texte über Liebe, Sehnsucht, Auseinandergehen. Aber auch über ein Lebensgefühl: „Time waits for no one and it won't wait for me ..." Wir wissen nicht, wann es soweit sein wird. Also heißt es: leben.

Ich habe die Augen geschlossen und folge dem Solo der E-Gitarre. Nach wenigen Sekunden werde ich von der Musik davongetragen.

„Hi! Was ist das?" höre ich einige Meter neben mir am Schreibtisch.

Irritiert falle ich aus der Musik. Und zugleich hoffe ich, wieder in den Zauber eintauchen zu können.

„Du, schau doch mal", höre ich aus gleicher Richtung.

Nun bin ich endgültig draußen, ohne Chance auf baldige Rückkehr und aus bester Frühlingslaune gerissen. Irritiert schaue ich zum Schreibtisch.

Vanessa sitzt dort am Computer. Ein Blick auf den Bildschirm zeigt mir, dass sie offenbar den Internet-Browser geladen hat. Sie hat sich vor kurzem zeigen lassen, wie man E-Mails abschickt und empfängt. Dabei stolperte sie zunächst über ziemlich viele Probleme. Jedes Mal begleitete sie ihre Versuche mit jenen ihr eigenen, unverwechselbaren Urlauten des Erstaunens, die mir signalisierten, dass ich etwas tun muss.

Heute scheint sie mehr Erfolg zu haben. Ein zweiter Blick zeigt mir, dass sie nicht nur den Browser geladen hat, sondern offensichtlich bereits im Netz ist, denn auf dem Monitor flimmert die Homepage des E-Mail-Servers. Ohne Hoffnung auf weiteren Musikgenuss gehe ich zum Schreibtisch.

„Was ist los? Kommst du nicht weiter?" frage ich.

Vanessa sieht gebannt auf den Bildschirm und schüttelt den Kopf.

„Nein, nein. Ich bin drin. Aber schau mal. Da ist eine E-Mail gekommen. - Die ist ganz offensichtlich nicht für mich. Aber da schreibt jemand so, als wenn er uns meint. Lies dir das doch mal durch."

*

François-Marie-Arouet@freenet.com to
LenaArcus@dmx.de

Lieber Sir Ralph,

der Zufall, oder muss ich sagen das Glück, führte mich
erneut auf Eure Fährte, mein guter Freund. Aber so
fand es doch meine Verwunderung, ja größte Bestür-
zung und lebhaften Schrecken zu bemerken, dass Ihr
Euch, was den elektronischen Briefwechsel angeht, des
Namens Eurer jungen Tochter zu bedienen erpicht. Und
das aus so geringfügigem Anlass, müsst Ihr Euch doch
auch sonst nicht mehr, wie damals ob Eurer religio, des
falschen Namens bedienen, den ich Euch, alter Freund,
in meinem Gruß noch einmal zuteil werden lasse. Doch
ernst gesprochen. Unser Roman hat mich berühmt gemacht, ganz ohne mein Verdienst. Nur habt Ihr Eurem
Lande keinen Dienst erwiesen, das nun vor aller Welt
thundernd und tronkend im Gedächtnis weilt. So will
ich wieder gutmachen, was ich Euch und Eurem Land,
obwohl nicht willentlich, angetan habe. Vielleicht, indem ich Euch zu einem neuen Roman verhelfe. Nun
müsst Ihr nicht gar die beste aller Welten beschreiben,
aber doch etwas, das dem Ruhme Eures Landes zuträg-
lich ist. Und zu gefälliger Erheiterung gereicht.

Adieu, mein lieber Freund. Ich umarme Sie von gan-
zem Herzen

Arouet

*

„Da möchte offenbar jemand, dass ich einen Roman
schreibe. Oder da nimmt mich jemand gehörig auf den
Arm. Oder die Sache war gar nicht an mich gerichtet."

Zusammen mit meinem Freund Reiner sitze ich im „Seriösen Fußgänger" am Tresen. Gegen Abend hatte ich doch noch Lust bekommen, in die Altstadt zu fahren.

„Hast du die Sache mal ausgedruckt?"

Ich krame in einer Jackentasche und gebe ihm den zusammengefalteten Bogen Papier.

Während Reiner konzentriert liest, bestelle ich zwei Bier.

„Der schreibt interessant", murmelt Reiner vor sich hin. „Gar nicht so, wie man heute schreibt."

Etwas ungeduldig blicke ich auf das entfaltete Papier, das er in Händen hält. Es ist der Ausdruck der E-Mail vom Nachmittag. Vanessa konnte sich ebenso wenig einen Reim darauf machen wie ich.

Nachdem er die Sache ein zweites Mal gelesen hat, greift Reiner zum Bier, nimmt einen kräftigen Schluck und beginnt.

„Also entweder ist die E-Mail gar nicht für dich. Oder da macht sich jemand einen Scherz. Immerhin kennt er deine E-Mail-Adresse. Und er weiß, dass der Name deiner Tochter Lena ist. Denn Rest verstehe ich nicht."

„Mir geht's ebenso", antworte ich. „Wenn man genau liest, behauptet er ja, dass ich einen Roman geschrieben hätte. Habe ich aber nicht. Und dann soll ich ihn damit berühmt gemacht haben. Das ist alles etwas viel."

„Ja, das ist alles recht wirr." Reiner zündet sich eine „Lucky" an und grübelt.

„Gehen wir doch so vor, wie wir beide es an der Uni als Historiker gelernt haben. Das ist zwar sehr formalistisch, aber vielleicht kommen wir so weiter."

„Einverstanden." Ich nicke und beginne. „Der Autor: ein gewisser François-Marie Arouet. So nennt er sich zumindest. Ob das tatsächlich sein Name ist, oder eine Tarnung, bleibt offen. Vielleicht ist er Franzose. Vielleicht will er sich aber nur als solcher ausgeben. Handelt es sich tatsächlich um einen Mann? Genaue Anhaltspunkte fehlen uns. Also: Wir wissen nicht viel über den Autor."

„Richtig. Immerhin können wir davon ausgehen, dass er diesen Text wohl vor nicht allzu langer Zeit geschrieben hat. Auch der Ort der Entstehung des Textes bleibt unklar. Da er über Internet gekommen ist, könnte er auch auf den Malediven geschrieben worden sein. Kann man solche Dinge über das Internet zurückverfolgen?"

„Wahrscheinlich kann man das", antworte ich. „Aber ich kann es nicht. Also: Entstehungsort unbekannt. Adressat?"

„Wenn man den Text ernst nimmt, ist es ein Sir Ralph. Die Schreibweise deutet auf den englischsprachigen Raum. Der Mann hat einen Adelstitel. Angeblich sollst du aber der Adressat sein. Könnte es sein, dass du mir etwas verschweigst?"

Reiner grinst mich an, und auch ich muss lachen.

„Wer weiß, vielleicht bin ich ja ein englischer Lord. Aber wie auch immer. Es gibt zwei Möglichkeiten: Entweder diese E-Mail ist an jemand anderen gerichtet, oder sie meint tatsächlich mich. Der letztere Fall ist der problematischere."

„Aber der wahrscheinliche, denn Arouet kennt den Namen deiner Tochter. Übrigens, warum hast du deine E-Mail-Adresse unter Lenas Namen laufen?"

„Mein Name war bei DMX bereits besetzt. Eine Vanessa gab es auch schon. Da blieb nur Lena."

„Na ja. Immerhin hat das dreijährige Kind jetzt eine E-Mail-Adresse. Da wird sie sich später drüber freuen, wenn sie mit ihren Freundinnen mailen will, und Papa zahlt die Gebühren. Also gut. Zurück zur Methode. Adressat bist wohl doch du, weil Arouet Insiderwissen nachweisen kann. Fragen wir nun nach dem Kontext des Briefes."

„Es gibt keinen. Jedenfalls keinen, der mir bewusst ist."

„Stimmt. Also können wir schließen: Er macht sich einen Spaß. Oder er will was von dir. Oder beides."

„Wenn man ihn ernst nimmt, will er von mir, dass ich einen Roman schreibe."

„Gut." Reiner greift erneut zum Glas und nimmt einen kräftigen Zug. „Höchste Zeit, dass wir uns um Sprache und Inhalt des Briefes kümmern. Können wir uns darauf einigen, dass die Sache sprachlich ans 18. Jahrhundert erinnert?"

„Stimmt. Wobei es durchaus möglich ist, dass hier jemand versucht, so zu schreiben wie im 18. Jahrhundert. Das würde übrigens bedeuten, dass es sich hier wohl doch nicht um einen Franzosen handeln muss, oder um einen, der so gute Deutschkenntnisse hat, dass er zu so etwas in der Lage ist."

„Nicht schlecht. Nimm Dir eine ‚Lucky'. Du läufst zu Hochform auf. Jetzt versuche ich es auch mal. Also. Der Inhalt ist sehr seltsam: Er hat angeblich deine Fährte wiederentdeckt. Er beschwert sich über die Wahl deiner E-Mail-Adresse. Na ja, da kann man ihn verstehen. Arme Lena. Dann meint er, ein Roman, den ihr geschrieben habt, habe ihn berühmt gemacht. Und mit diesem Roman hast du deinem Land einen Bärendienst erwiesen. Kannst du damit irgendetwas anfangen?"

„Nichts."

„Ich auch nicht. Aber nun fordert er dich auf, noch einen Roman zu schreiben, einen, wo dein Land besser wegkommt. Die Formulierung ‚die beste aller Welten' ist seltsam. Auch die Worte ‚thundern' und ‚tronken'."

„Bei E-Mails kommt es manchmal vor, dass einzelne Buchstaben verwechselt werden oder Umlaute durch andere Buchstaben ersetzt sind. Vielleicht handelt es sich um einen Übertragungsfehler."

„Gut. Kommen wir nun zur letzten Frage unserer spätabendlichen Analyse: Was soll das alles?"

„Gute Frage". Auch ich nehme einen kräftigen Schluck aus dem Bierglas. „Unsere Hypothese war, da erlaubt sich jemand einen Scherz. Vielleicht sollten wir unseren Autor locken. Wir senden ihm eine Re-Mail."

„Nicht schlecht. Und darin musst du ihn dazu bringen, Dinge von sich preiszugeben, die unser Mosaik vervollständigen. Denn, seien wir ehrlich: Bisher wissen wir so gut wie nichts."

„Gut. So machen wir das."

*

Es ist spät geworden an diesem Abend. Nach Hause zurückgekehrt bemerke ich im Flur ein Stück Papier, eine Nachricht von Vanessa:

Hallo Schatz!

L. hat angerufen. Habe ihm von der E-Mail erzählt. Der Name Arouet kommt ihm bekannt vor. Er meldet sich wieder.
Gute Nacht!

Vanessa

Wer ist Arouet?

„Also, Herr Arcus, Sie als gelernter Historiker sollten mit dem Namen Arouet doch etwas anfangen können."
Später Nachmittag. Mein Freund Linde ist am Telefon.
„Herr Linde, Historiker haben in der Regel höchstens fünf Prozent all der Texte gelesen, die sie hätten lesen müssen. Und ich fürchte, bei mir ist die Relation noch schlechter."
„Herr Arcus, Sie wissen ja, dass ich Sie sehr schätze, aber hier handelt es sich um Allgemeinwissen. Aber fragen wir anders. Wie viel Gläser Kokineli wäre Ihnen die Sache denn wert?"

*

Drei Stunden später sitzen wir in der „Alten Münze", vor uns auf dem Tisch die erste Runde Kokineli. Schon oft haben wir hier gesessen, kennen die „Münze" zu allen Jahreszeiten. Kein Winter, ohne dass wir hier getagt haben, wenn draußen der Schnee fiel, kein Sommer, ohne dass wir nicht unmittelbar vor dem Haus auf dem „Friedensplatz" saßen, mit Kristallweizen oder Retsina versorgt, um bis in die Nacht zu plaudern.
„Tja, Herr Arcus." Linde erhebt das Glas. „Vielleicht hat der von Ihnen Gesuchte auch schon hier seinen Kokineli getrunken."
„Jetzt scherzen Sie wohl."
„Ganz und gar nicht. Dieses Haus wurde im Jahr 1260 gebaut. Im romanischen Stil und als dreistöckiges Steinhaus, was damals eine Besonderheit war. Vom 14.

bis 16. Jahrhundert ist es die Wohnung des Mindener Münzmeisters gewesen. Mir ist zwar nicht bekannt, welche Funktion dieses Haus im 18. Jahrhundert gehabt hat, aber vielleicht konnte man schon zu jener Zeit seinen Wein hier trinken, und das könnte unser guter Arouet durchaus getan haben."

„18. Jahrhundert? Das ist interessant. Die Sprache der E-Mail erinnert sehr ans 18. Jahrhundert. Was wissen Sie da mehr als ich?"

„Haben Sie die E-Mail dabei?"

„Leider nein. Zu dumm. Daran hätte ich aber auch denken können."

„Egal. Wir können gleich noch darüber sprechen. Doch zunächst zu Arouet. Nannte sich der Absender François-Marie Arouet?"

„Genau so ist es."

„Herr Arcus, Sie haben mir ja immer diese tollen Sachen über das Internet erzählt und was man mit diesen neumodischen Dingen alles bewerkstelligen kann. Dass man über E-Mail auch mit Toten kommunizieren kann, haben Sie mir bislang verschwiegen."

„Herr Linde, spannen Sie mich bitte nicht länger auf die Folter."

„Gut." Er nimmt einen Schluck Kokineli.

„Also, hinter dem Namen François-Marie Arouet verbirgt sich niemand Geringeres als der gute alte Voltaire. ‚Voltaire' ist, wenn Sie so wollen, eine Art Künstlername."

Nun brauche auch ich einen Schluck Kokineli.

„Jetzt versteh ich nichts mehr."

„Wie das auf Ihre E-Mail passt, wird noch zu klären sein. Aber eins ist klar. Der bürgerliche Name Voltaires ist François-Marie Arouet. Wussten Sie das nicht?"

„Nein. Ehrlich gesagt, weiß ich nicht viel über Voltaire. Sicher, der große französische Aufklärer, das ‚Philosophische Handwörterbuch', die geschichtsphilosophischen Schriften, das ist mir grob bekannt. Voltaires Gedanke der Toleranz, der Aufklärung, die Kritik an der Kirche - alles grob bekannt. Aber ich habe mich nie ernsthaft mit Voltaire beschäftigt. Vielleicht, weil Voltaire ja heute weniger als Historiker bedeutend ist, sondern als Philosoph, Tragödiendichter, Satiriker, Briefschreiber."

„Stimmt. Da haben Sie Recht. Aber wie auch immer. François-Marie Arouet bzw. Voltaire ist Ihr Mann. Und wenn der Ihnen Briefe schreibt, dann kommunizieren Sie mit einem Toten.

Ich habe noch etwas mitgebracht. Heute Vormittag habe ich zwei Schüler gebeten, schnell etwas von ihrer Lexikon-CD-ROM für Sie auszudrucken. Man müsste natürlich als Nächstes in den Brockhaus schauen oder in die RGG, oder bei Störig oder Helferich nachschlagen. Aber als grober Überblick reicht das. Sie können sich das ja mal gerade durchlesen. Dann sind wir beide wieder auf der Höhe der Sache."

Er reicht mir zwei computergedruckte Seiten.

Ich beginne zu lesen ...

Voltaire, eigentlich François-Marie Arouet (21.11.1694 bis 30.5.1778), * und † in Paris, franz. Autor, hervorragender Repräsentant der → Aufklärung, einer der brillantesten und vielseitigsten Autoren der Weltliteratur, Dramatiker, Geschichtsschreiber, Epiker, Epistolograph und Publizist. Voltaires Leben lässt sich in drei Abschnitte gliedern: 1. Lehrjahre in Paris und London, 2. Reifezeit in Cirey, am französischen und preußischen Hof, 3. Alter in Ferney. Voltaire wird in einem Pariser Jesuitenkolleg ausgebildet. Wegen politisch missliebiger Verse verbringt er 1717 und 1718 mehrere Monate in der Bastille und wird 1726 drei Jahre nach England verbannt. In der Verbannung beginnt er in größerem Stil mit literarischer Tätigkeit. Seine Englanderfahrungen spiegeln sich in den „Briefen über die Engländer". Zehn Jahre verbringt Voltaire bei seiner Freundin Madame du Châtelet auf Schloss Cirey in Lothringen. Dort beginnt 1736 auch die Korrespondenz mit Friedrich dem Großen. Voltaire widmet sich naturwissenschaftlichen und historischen Studien, verfasst dramatische und epische Dichtungen. Einer Einladung Friedrich des Großen folgend lebt er 1750-53 in Potsdam. Mit Hilfe geschickter Finanzspekulationen ist es ihm möglich, Besitztümer am Genfer See zu erwerben. Seit 1758 verbringt Voltaire, finanziell auf sich gestellt, die letzte, publizistisch hochproduktive Phase seines Lebens. Sein Schloss in Ferney wird zu einem Aufklärerzentrum Europas. Am 30.5.1778 stirbt Voltaire während eines Aufenthalts in Paris.

Voltaire trat vor allem als Geschichtsschreiber hervor (Hauptwerk: Essai sur les moeurs, 1769). Seine Romane gelten als besonders gelungene Werke: Zadig (1747) Micromégas (1752), Candide (1759) u.v.m. Voltaire schrieb etwa 20000 Briefe. Als philosophisches Hauptwerk gilt das „Dictionnaire philosophique".

„Nicht schlecht, Ihre Schüler."

Ich lege die beiden Blätter beiseite und greife mir das Weinglas.

„Also, angenommen, Sie haben recht und Voltaire ist mein Briefschreiber - angeblich hat er ja etwa 20000 Briefe geschrieben, da würde er heute sicherlich umso mehr E-Mails versenden -, dann ergibt sich ein gravierendes Problem."

„Richtig. Der Mann ist tot. Nun ist es schade, dass Sie den Brief nicht dabei haben. Vielleicht können Sie mir ja so noch einige Anhaltspunkte geben."

„Gut. Der Brief ist in einer Sprache verfasst, die tatsächlich im 18. Jahrhundert geschrieben sein könnte. Der Autor nennt mich Sir Ralph, obwohl meine E-Mailadresse eindeutig auf meinen Namen bzw. den Namen meiner Tochter angelegt ist, was er übrigens für ziemlich geschmacklos hält. Er weiß von Vanessa, und ihm ist bekannt, dass ich eine Tochter habe, deren Vornamen er ebenfalls kennt. Er behauptet, ich hätte mich früher wegen meiner Religionszugehörigkeit eines falschen Namens bedient. Ferner behauptet er, wir hätten

einen Roman geschrieben, in dem mein Vaterland ver-
unglimpft werde. Dieser Roman habe ihn berühmt gemacht. Und er meint, ich solle das jetzt wiedergutma-
chen, indem ich einen neuen Roman schreibe."

„Letzteren Vorschlag finde ich großartig. Geben Sie's
zu. Ein wenig haben Sie sich doch schon immer davor
gedrückt."

Ich zucke mit den Schultern.

„Ob solche Aufforderungen à la Arouet meiner literari-
schen Produktion förderlich sind, bleibt dahingestellt.
Allerdings laufen Sie mit Ihrer Sympathie gegenüber
diesem Vorschlag Gefahr, als Autor der seltsamen E-
Mail in Verdacht zu geraten."

„Nein, Herr Arcus. Da können Sie nun doch sicher
sein, dass ich solche Dinge wie Internet den Youngstern
überlasse. Aber sagen Sie mir folgendes: Der Brief ist
ja offensichtlich voll von Details, und zwar Details, deren Richtigkeit unbestritten ist. Aber können Sie sich
auf den Rest irgendeinen Reim machen?"

„Nein. Gar nicht. Gestern saß ich mit Reiner im ‚Fußgänger'. Wir haben die Sache nach allen Regeln der
Kunst analysiert. Dabei ist so gut wie nichts herausgekommen. Wir waren schließlich und endlich der Meinung, dass die Sache wohl kein Zufall sein kann. Entweder macht sich da jemand einen Spaß oder er will
etwas ganz Bestimmtes von mir. Es ist wahrscheinlich
das beste, ihm zu antworten, um Genaueres herauszube-
kommen. Parallel dazu will ich zurückverfolgen, woher
die E-Mail kommt. Das ist im Netz jedoch nicht ganz
einfach ."

„So könnte man vorgehen. Wenn Sie ihm schreiben,
müssen Sie ihn dazu bringen, wenigstens eine der seltsamen Aussagen des Briefes genauer zu erläutern. Die
Sache mit der Religionszugehörigkeit ist ja doch recht
enigmatisch. Da sollte man ihn festnageln. Und wenn
Sie mich insoweit einweihen möchten, machen Sie mir
doch eine Kopie des Schreibens. Vielleicht fällt mir
noch etwas dazu ein."

„Gerne. Sie haben die Sache morgen im Briefkasten."
„Immerhin gelingt es dem guten Mann, etwas Farbe in den tristen Februar zu bringen und uns zum Denken. Das muss man ihm lassen."
„Nun. In diesem Sinne: Vertagen wir Arouet für heute. Und trinken wir darauf, dass der Frühling nicht lange auf sich warten lässt."
„Dem kann man nur zustimmen."
Zwei Gläser schlagen aneinander.

*

Glück gehabt. Heute hat der Babysitter nicht abgesagt. Weil es gegen Abend doch sehr kalt geworden ist, fahren wir die wenigen Minuten zum Parkhaus der Stadthalle. Der Fahrstuhl bringt uns von dort in den obersten Stock. Im Foyer hat bereits der einführende Vortrag zum heutigen Symphoniekonzert begonnen. Ich höre nicht hin, weil ich die Musik ohne Kommentar genießen möchte. Vanessa steht neben mir. Ihr rotblondes Haar schafft einen deutlichen Kontrast zum „kleinen Schwarzen", das sie für den heutigen Abend ausgewählt hat. Sie blickt aufmerksam umher, und ich tue es ihr nach. Viele bekannte Gesichter. Wenig junges Volk. Leider. Wenn es so weitergeht, stirbt das Klassikpublikum aus. Die Anwesenden quittieren das Ende des Vortrags mit artigem Beifall. Der Gong ertönt zum ersten Mal. Wir haben Karten in der Mitte der neunten Reihe bekommen. Klanglich optimal. Aber eben in der Mitte, und so entscheiden wir uns, schon jetzt Platz zu nehmen, bevor eine halbe Reihe für uns aufstehen muss. Auf der Bühne sind Stühle für eine kleine Orchesterbesetzung zu sehen. Die Orchestermusiker betreten die Bühne und werden mit Applaus begrüßt. Aus den Augenwinkeln betrachte ich meinen Nebenmann zur Linken. Mit lebendigen Augen verfolgt er das Geschehen. Er hat lange Haare, ein ausgeprägtes Kinn und eine Nase, die im Verhältnis zu groß geraten scheint.

Der Dirigent betritt die Bühne, empfängt ebenfalls Applaus. Er sammelt sich und schlägt den ersten Takt. Das Konzert beginnt mit Charles Ives' „Unanswered question". Die Streicher spielen langsam wechselnde Akkorde. Trompeten intonieren eine gewundene atonale Sequenz, die nach kurzem Warten von den Holzbläsern beantwortet wird. Siebenmal legt sich diese immer gleichbleibende atonale Sequenz über die Streicherbasis. Jedes Mal antworten die Holzbläser, jedoch zunehmend unruhiger und konfuser, bis die atonale Sequenz ein letztes Mal erscheint und die Streicher sich im Nichts verlieren. Der Applaus am Ende des Stückes ist verhalten. Der Mann links neben mir ist unruhig geworden. Die Sache hat ihm offensichtlich nicht gefallen. Auf der Bühne wird für die große Orchesterbesetzung umgeräumt und ein Flügel hereingerollt. Erneutes Stimmen der Instrumente. Der Solist des Abends erscheint. Etwas unbeholfen verbeugt sich ein sympathisch bescheiden lächelnder Anatol Ugorski und beginnt dann ohne Umschweife mit Mozarts d-Moll-Klavierkonzert. Gut spielt er, der kauzige Russe, aber ich bin nicht bei der Sache, schweife oft mit den Gedanken ab. Mein Nachbar zur Linken scheint dagegen wieder versöhnt, verfolgt aufmerksam die Fingerfertigkeit des Russen.

Nach einem brillanten 3. Satz wird Ugorski mit Applaus überhäuft. Er lässt sich zu einer Zugabe überreden. Etwas von Schubert, das mir unbekannt ist. Nach erneutem mehrfachen Applaus entschwindet der Tastenschamane in die Garderobe und entlässt sein begeistertes Publikum in die Pause.

Ich will Vanessa folgen. Mein Blick trifft sich mit dem meines Nachbarn zur Linken. Er schaut mich mit aufforderndem Blick an, so als wolle er mich zu einem Kommentar überreden. Als ich seinen Blick erwidere, spricht er mich an.

„Was halten Sie von dieser Ouvertüre?"

Ich bin unsicher, frage zurück.

„Was genau meinen Sie?"

„Diese seltsame Ouvertüre des Amerikaners. The un-answered question."

„Ein einfaches, aber kluges Stück Musik."

„Klug? Was ist daran klug? Es klingt grauslich."

„Nun, es ist teilweise atonal, aber das muss wohl so sein."

„Warum?"

Die schlichte wie grundlegende Frage meines Gegen-übers verwirrt mich etwas.

„Nun, ich meine, die Streicher stellen den Strom des Lebens dar. Im Laufe dieses Lebens stellt sich mehrfach die Frage nach dem Sinn. Das ist die atonale Sequenz der Blechbläser. Das Holz antwortet. Es stellt zugleich das Bemühen um Klärung der Frage dar. Aber die Sa-che zeigt sich von Anfang an als unklar und wird von Mal zu Mal konfuser. Bis die Frage abschließend noch einmal gestellt wird, unbeantwortet bleibt. Die Strei-cher, der Strom des Lebens, verschwinden."

Ich hole einen Moment Luft.

„Und das hat Ives schon recht klug umgesetzt."

„So. Meinen Sie. Was bedeutet ,Frage nach dem Sinn?' Ist es das Gleiche wie die Frage nach Gott?"

„Ja, darauf läuft es wohl hinaus."

„Dann ist die Sache nicht sonderlich originell."

Mein Gegenüber schüttelt den Kopf.

„Man findet ihn nicht. Er greift nicht ein. Man muss ihn als Schöpfer dieser Welt annehmen, doch mehr kann man über ihn nicht sagen. Da waren die Libertins zur Zeit von Ludwig XIV. weiter als dieser Charles Ives. Aber Mozart hat mir gefallen. Der räsoniert nicht über metaphysischen Firlefanz. Der beherrscht sein Handwerk und komponiert göttliche Musik. - Ist das nicht beeindruckend? Dieser Amerikaner sucht Gott, und Mozart schafft Göttliches."

In der Tat bin ich verblüfft über den Gedankengang, aber auch verwirrt, denn offensichtlich ist Vanessa schon ins Foyer gegangen. Ich lade mein Gegenüber ein, mit mir zu kommen und ein Glas Sekt zu trinken.

Doch er verzichtet mit höflichem Dankeschön. Er möchte lieber im Konzertsaal bleiben und die Ruhe genießen. So verabschieden wir uns.

Als ich einige Minuten später in den Saal zurückkomme, finde ich auf meinem Platz einen kleinen Zettel: „Glauben Sie mir. Mozart hat Recht. Gruß. Arouet."

In diesem Moment erwache ich und schalte verwirrt die Lampe neben meinem Bett an. Es ist 3 Uhr morgens.

*

Am Nachmittag bin ich von der Arbeit nach Hause zurückgekommen. Ich gehe hinauf ins Studio und schalte den Computer an. Auf der Rückfahrt habe ich über meinen Traum nachgedacht. Manchmal geben Träume sehr realistische Hinweise. Aber in meinem Fall kann ich davon wohl nicht ausgehen. Die Tatsache, dass ich nun schon von Arouet träume, macht mir jedoch klar, dass ich mich um die Sache kümmern muss. Ich muss Arouet herausfordern. Ich muss ihn locken, ihn aus seinem Versteck herausholen.

Kurze Zeit später habe ich den Browser aufgerufen und die E-Mail-Seite geöffnet. Ich beginne zu schreiben.

*

LenaArcus@dmx.de to
François-Marie-Arouet@freenet.com

Sehr geehrter Herr Arouet,

Ihre Nachricht ist bei mir eingegangen, aber sie scheint wohl aus Versehen an den Falschen gelangt zu sein. Sie haben sich da offensichtlich mit dem Namen und der E-Mail-Adresse vertan.

Mit freundlichen Grüßen

Thomas Arcus

*

Lieber Reinhard,

letztens habe ich eine seltsame E-Mail bekommen, deren Sinn und Ursprung ich beim besten Willen nicht deuten kann. Es würde mir weiterhelfen, wenn ich herausbekäme, wer diese Mail von wo abgesandt hat. Du als Netzprofi kannst so etwas. Ich habe die Mail „angehängt". Bitte versuch' Dein Bestes. Danke! Gruß auch an Conni.

Nur das Allerbeste

Thomas

*

Es wird höchste Zeit, sich etwas näher mit Voltaire zu beschäftigen. Ich suche in meiner Bücherwand und finde ein schmales Büchlein mit dem seltsamen Titel „Briefe des Herrn de Voltaire die Engländer und anderes betreffend". Da ich sonst nichts von Voltaire im Haus habe, beginne ich hier zu blättern.

Das Buch muss ich wohl schon lange im Schrank haben, denn es wurde 1987 in der DDR gedruckt, Eulenspiegel Verlag Berlin, LVZ-Druckerei „Herrmann Duncker" Leipzig. Dieses Buch ist bereits ein Stück Geschichte. Ich muss es vor der Wende in Ost-Berlin gekauft haben. Neben dem Text Voltaires finden sich einige zeitgenössische Karikaturen. Das kleine Bändchen ist so gemacht, dass es zum Schmökern einlädt.

Was ist das überhaupt für ein seltsamer Titel: „... die Engländer und anderes betreffend?" Und warum Briefe? Doch zunächst möchte ich noch etwas mehr über Voltaire erfahren. Im Buch finde ich ein Nachwort und darin eine kuriose Biographie:

1694

Voltaire, eigentlich François-Marie Arouet, wird am 21.11. als Sohn eines wohlhabenden Notars in Paris geboren. Oder genauer: Eigentlich sind sich die Gelehrten nicht so recht über das Datum einig. Auch ist unklar, ob sein Vater wirklich sein Vater ist. Die Welt scheint von Beginn an nicht einfach für François-Marie zu sein, denn seine Amme hält ihn nicht für lebensfähig. Er wird sofort getauft, und es ist später problematisch, die reguläre Taufe nachzuholen.

1710

Im Jesuiten-Kolleg Louis-le-Grand macht der junge Arouet erfolgreich seinen Abschluss. Vater Arouet möchte, dass sein Sohn Jurist wird, aber Sohn Arouet hat beschlossen, Schriftsteller zu werden. Zwar passt er sich dem Wunsch des Vaters an und beginnt zu studieren, aber er beginnt auch an einer Tragödie mit dem Titel „Ödipus" zu schreiben. Außerdem bewegt er sich in freidenkerischen Kreisen. Dort werden vor allem seine geistreichen Satiren geschätzt, Satiren, die ihm aber auch mächtigen Ärger einbringen.

1717

Arouet wird irrtümlich eine Satire zugeschrieben, die den französischen Regenten angreift. Man sperrt ihn in die Bastille, ohne ihm die genauen Hintergründe und die Dauer seiner Inhaftierung zu nennen und ohne ihm die Möglichkeit zu schreiben zu geben. Erst nach fast einem Jahr wird er entlassen. In wenigen Monaten beendet er seinen „Ödipus". Erstmals verwendet er auch den Namen Voltaire. Der „Ödipus" wird ein Erfolg. Selbst bei Hofe wird das Stück wohlwollend aufgenommen. Der Regent, selbst bei der Uraufführung zugegen, bewilligt dem Autor, über dessen Geldnöte er unterrichtet ist, ein Jahresgehalt von 1200 Livres. Voltaire wird zum gern gesehenen Gast in den Salons.

1726

Eigentlich befindet sich Voltaire in einer blendenden Situation. Doch dann kommt etwas dazwischen. In der Oper streitet er sich mit einem gewissen Chevalier de Rohan-Chabos. Der ruft ihm zu: „Nennen Sie Sich nun Monsieur de Voltaire oder Monsieur Arouet?" - Ganz ohne Frage eine Provokation. Der Chevalier macht sich über Voltaires bürgerliche Herkunft lustig. Voltaire kontert geistreich: „Mein Name beginnt mit mir, der Ihre endet mit Ihnen." Ebenfalls eine Provokation, die den Chevalier de Rohan-Chabos offenbar sehr ärgert. Einige Tage später wird Voltaire nach einem Besuch beim Herzog von Sully auf offener Straße von Knechten des Chevaliers gepackt und kräftig durchgeprügelt. Voltaire ist außer sich. Er verlangt Genugtuung, will sich duellieren, bemüht Polizei und Gerichte, droht dem Chevalier. Der fasst die Drohung erneut als Beleidigung auf, lässt seine Beziehungen spielen und sorgt dafür, dass Voltaire für zwei Wochen die Bastille von innen sieht und schließlich in die Verbannung gehen muss. Voltaire geht nach England, auf Empfehlung seines Gönners Lord Bolingbroke. Also doch. Wir sind in England. Voltaire schreibt in der Zeit seines Aufenthaltes bis 1729 die Briefe „die Engländer und anderes betreffend". Ich blicke auf und sehe auf dem Monitor, dass eine E-Mail angekommen ist.

*

ReiCo@t-oneline.de to LenaArcus@dmx.de

Hallo Thomas,

mein Computer lief grade. Ich hab' die Sache für Dich geprüft. Hier das Ergebnis: Die E-Mail kommt aus Frankreich. Ich konnte den Weg bis zu einem Knotenpunkt in einem Ort namens Sarlat-la-Canéda in der Nähe von Bordeaux zurückverfolgen. Wirklich eine seltsame Mail, die Du da erhalten hast. Schreib mir mal, was daraus geworden ist. Muss jetzt noch ein paar Arztbriefe tippen. Bis bald und liebe Grüße auch an Vanessa und Lena.

Reinhard

*

Reinhard hat schnell gearbeitet. Sein Ergebnis ist jedoch schon wieder ein Rätsel. Wo ist Sarlat-la-Canéda? Doch zunächst zurück zu Voltaire und den Engländern. Voltaire schreibt 24 Briefe. Es gibt aber keinen konkreten Adressaten. Man muss die Briefe wohl ähnlich lesen wie antike Lehrbriefe von Epikur, Seneca oder Cicero, also als Kunstbriefe, die einem größeren Publikum Gedanken vermitteln wollen. Voltaire schreibt
- 7 Briefe über Religion, in denen er die Religionsfreiheit in England lobt, den schlechten Ausbildungsstand und den unreligiösen Lebenswandel französischer Geistlicher kritisiert.
- 3 Briefe über Politik, in denen er die Freiheits- bzw. Partizipationsrechte sowie die Einschränkung der königlichen Gewalt in England lobt, Frankreich in diesen Dingen als unfortschrittlich darstellt.
- 7 Briefe über Naturwissenschaft, in denen Voltaire den englischen Trend zur Naturwissenschaft lobt und religiös motivierte, pseudowissenschaftliche Spekulation über Gott und die Welt, wie sie in Frankreich üblich sind, kritisiert.
- 2 Briefe über Literatur, in denen Voltaire niemand Geringerem als Shakespeare schlechten Stil und Geschmacklosigkeit vorwirft.
- 5 Briefe über Kulturpolitik und Wissenschaftskultur, in denen die in England vorhandenen Aufstiegsmöglichkeiten für bürgerliche Intellektuelle gelobt werden.

*

Über die Lektüre habe ich nicht einmal bemerkt, dass es draußen bereits dunkel geworden ist. Die letzten Lichtstrahlen scheinen durch das Gaubenfenster. Was weiß ich nun mehr über Voltaire?

Da ist ein Bürgerlicher mit viel Talent und großer Befähigung, der unter der Willkür eines Systems zu leiden hat, in der Adel zählt, in der Toleranz gegenüber Andersdenkenden und politische Partizipation ebenso unbekannt sind wie die gesellschaftliche Anerkennung von nicht adeligen „Leistungsträgern". Kennt man die Vorgeschichte, dann wird in den Briefen mancherorts die Verbitterung Voltaires über persönlich erlittenes Unrecht deutlich. Voltaire ist mutig. Er gibt nicht klein bei. Über die persönliche Abrechnung hinaus tritt hier jemand für Grund- bzw. Freiheitsrechte ein, wie sie die Monarchien des 18. Jahrhunderts nicht oder kaum kannten. Ein kluger Geist verlangt nach Freiheit - für sich und für andere. Aber was bedeutet das für „meinen" Voltaire? Wie könnte solch ein Mensch heute denken? Wie würde er leben? Wer könnte auf eine solche Beschreibung „passen"?

Und wo ist Sarlat-la-Canéda? Im Aktenschrank neben dem Schreibtisch finde ich den Ordner mit Unterlagen der vergangenen Urlaubsreisen. Auch alte Straßenkarten sind dort abgelegt. Zunächst eine von Süditalien. Dann eine Karte der Peloponnes. Hier: France, carte routière. Ausgefaltet bedeckt sie den gesamten Schreibtisch. Bordeaux ist schnell gefunden. Aber wo soll man suchen? In der näheren Umgebung von Bordeaux werde ich nicht fündig. Nach einigen Minuten will ich schon die Suche aufgeben - und da ist es: Sarlat-la-Canéda. Wohl 150 Kilometer östlich von Bordeaux, nahe der Dordogne, im „Schwarzen Périgord". Heute fast das Ende der Welt. Vorausgesetzt, Reinhard hat richtig recherchiert: War Voltaire jemals dort? Und was hat es mit dieser Stadt auf sich?

Montaigne

oder

Spurensuche im Turm

„Sarlat". F9 für „Suchen". Nichts. Fehlanzeige.
Ich sitze am Computer der Stadtbibliothek und versuche etwas über diese seltsame Stadt an der Dordogne
zu finden.
Ein Ort der Stille ist diese Bibliothek, gelegen an einem
wunderschönen Platz, unmittelbar am historischen Garten, in dem Mönche im späten Mittelalter Wein angebaut haben sollen. Heute grenzen eine Schule, eine Vil-
la und ein Cafe unmittelbar an. Und die Bibliothek, die
ich aufgesucht habe, um mehr zu erfahren.
Ein Ort der Stille? Ich habe Lena mitgenommen. Sie
sitzt an der Treppe zum ersten Stock auf dem Boden
und ist in ein Kinderbuch vertieft: „Steffi lernt reiten".
Wie viel Zeit werde ich haben, bis sie mich wieder in
Beschlag nimmt? Ich muss mich beeilen.
„Sarlat-la-Caneda". F9. Wieder nichts. Aber es ist wohl
zu viel verlangt, dass es hier ein Buch über dieses seltsame Sarlat gibt. Also mache ich mich auf in den Lese-
saal und beginne mit dem Brockhaus. Dort habe ich
immerhin einen kleinen Erfolg:

Sarlat-la-Canéda, Dép. Dordogne, Hauptstadt des Périgord Noir. Gallo-romanischer Ursprung. Klostergrün-

dung unter Pippin. Seit 1317 Bischofsstadt. Geburtstadt La Boéties. 30000 Einwohner.

Das ist nicht viel über Sarlat. Mir kommt der Einfall, noch einmal den Computer der Bibliothek zu befragen. Wenn es kein Buch über die Stadt gibt, dann vielleicht eines über das Départment. Also: Stichwort „Dordogne". F9. Da ist etwas. Ein Reiseführer: „Périgord. Dordogne. Gironde." Standort: CTL 20 Dor. Eine Minute später habe ich das Buch gefunden und nach kurzem Blättern acht Seiten über Sarlat entdeckt, die ich kurzerhand auf den Kopierer lege.

Dann noch einmal zum Computer: „La Boétie". F9. Nichts. Erneuter Gang zum Brockhaus. Und wieder eine Information:

La Boétie [laboe'si], Etienne de, frz. Schriftsteller, * Sarlat (heute Sarlat-la-Canéda, Dép. Dordogne) 1.11. 1530, †Germignan (heute zu Le Taillan-Médoc, Dép. Gironde) 18.8.1563: wurde bes. bekannt durch seine politische Schrift „Le discours de la servitude volontaire" (hg. 1576; dt. „Über freiwillige Knechtschaft"), worin er in Anlehnung an antike Schriftsteller die Frage des Widerstandsrechts gegen den Tyrannen erörtert; das Werk wurde von den Hugenotten als Manifest und Polemik gegen die kath. Kirche verwendet und z.Zt. der Frz. Revolution und danach als Dokument revolutionärer republikan. Staatsauffassung angesehen.

Lena hat bemerkt, dass ich nicht mehr bei ihr bin, und ruft mich. Vorbei ist es mit der Ruhe.

*

Es ist Nachmittag. Lena und Vanessa sind draußen im Garten. Ich sitze am Schreibtisch und mache mich über die Kopien her. Wenn mein seltsamer Briefschreiber anonym bleiben will, möchte ich wenigstens herausbekommen, wo er wahrscheinlich lebt. Also: Sarlat. Es ist die Hauptstadt des Périgord Noir. Der Karolinger Pippin gründet hier ein Kloster und übergibt diesem die Reliquien des heiligen Sacerdos. - Schon wieder ein neuer Name. Aber das verfolge ich jetzt nicht weiter. Um den Heiligen bilden sich bald wundersame Geschichten, und Sarlat wird zum Wallfahrtsort, mit all dem damit verbundenen Ansehen und Wohlstand. Im 12. Jahrhundert wird Sarlat direkt dem Papst unterstellt. Rund um das Kloster wächst eine Stadt heran, die sich im 13. Jahrhundert bürgerliche Eigenständigkeit erkämpft. Sarlat wird Bischofsstadt. In den Religionskriegen des 16. Jahrhunderts spielt Sarlat noch einmal eine gewisse Rolle, aber seitdem verliert der heiliger Sacerdos an Bedeutung, und auch der Handel geht danieder. Ich werfe einen Blick auf die Abbildungen: die gotische Kathedrale, das Hotel de Mirandol, das Maison de la Boétie - da ist er schon wieder, der Name. In Sarlat scheint das Mittelalter noch lebendig zu sein. Alle Abbildungen zeigen Gebäude der Gotik und Renaissance und kleine Gassen, die ähnlich auch in Florenz zu finden wären. Auf den ersten Blick ein verträumtes Städtchen, in dem die Zeit stillzustehen scheint. - Und hier gibt es einen Internet-Knotenpunkt.

Beim Lesen des Reiseführers stolpere ich immer wieder über La Boétie. Meine Kopien sagen mir nicht viel mehr als der Brockhaus: wohlhabende Kaufmannsfamilie, Etienne de la Boétie mit 23 im Regionalparlament von Bordeaux, zugleich Autor von „Discours de la servitude volontaire", sein Geburtshaus heute ein Wahrzeichen der Stadt. Das Telefon klingelt.

*

„Guten Tag, Herr Arcus."
„Herr Linde. Hallo."
„Herr Arcus, ich habe Ihre E-Mail studiert. Mir ist da etwas aufgefallen, das Sie unbedingt wissen sollten."

„Ich bin für jede Hilfe dankbar. Schießen Sie los."

„Nein, das sollten wir nicht am Telefon machen."

„Was schlagen Sie vor?"

„Freitagabend?"

„Einverstanden. Wann und wo?"

„Nehmen wir wieder die gewohnte Uhrzeit, wenn es Ihnen recht ist."

„Gut. Um halb acht bei Ihnen."

„So machen wir das."

„Ich komme zu Ihnen?"

„Ist recht."

„Ach, haben Sie schon mal etwas von einer Stadt namens Sarlat-la-Canéda gehört."

„Nein. Wo ist das? In Spanien?"

„Nein. Im Périgord. Ich habe den Weg der E-Mail zurückverfolgt, und die scheint von dort zu kommen."

„Seltsam. Das passt gar nicht zu dem, was ich herausgefunden habe. Aber warten wir ab."

„Und sagt Ihnen der Name Etienne de la Boétie etwas?"

„Ja. Doch. Das war der Freund von Michel de Montaigne. Die beiden haben sich in Bordeaux kennen gelernt. La Boétie ist früh gestorben. Aber nun verstehe ich nichts mehr. Was hat unser guter alter Landedelmann und Philosoph Montaigne mit Ihrer E-Mail-Geschichte zu tun?"

„Ehrlich gesagt, ich weiß es nicht. Mir ist auch noch ganz unklar, ob La Boétie etwas damit zu tun hat"

„Interessant. Dann warten Sie mal bis Freitag. Mehr möchte ich aber nicht verraten. Wir brauchen auch wirklich etwas Ruhe dazu. Zur Zeit helfe ich meiner Tochter bei einer Arbeit über Kolumbus in Salamanca."

„Der Streit um das naturwissenschaftliche Weltbild?"

„Genau der. Und die Sache ist gar nicht so einfach gewesen. Kolumbus ist nämlich von einem fatalen Irrtum ausgegangen und hat einfach nur Glück gehabt. Da gibt es diese Karte von Toscanelli - aber lassen wir das jetzt. Noch ein Tipp: Wenn Sie etwas über La Boétie wissen wollen, fragen Sie Montaigne."

*

Fast den halben Tag bin ich nun geritten, von Bordeaux kommend durch die Getreidefelder, die Eichenwälder und die sich emporschwingenden Weinberge des Dordogne-Tals. Ich biege an der kleinen Kirche Saint-Michel in die Allee aus Zedern und Eichen ein, die ich so oft auf Bildern gesehen habe. Am Ende der Allee erreiche ich die Schlossmauern und eine breite Tordurchfahrt. Dort begrüßt mich das Wappen derer von Montaigne - auf blauem Untergrund verstreute Kleeblätter, darin in der Mitte eine rote Löwenklaue. Direkt rechts neben der großen Tordurchfahrt ein massiver Wachtturm, eingefügt in die Schutzmauer, die das Schloss Montaigne umgibt und die dem Besucher die Sicht auf das Chateau verwehren. Von Bildern ist mir bekannt, dass es sich um beachtliche, komfortable Gebäude handelt, die, nordwestlich ausgerichtet, ebenfalls in die Mauerkonstruktion eingefügt und verteidigungsfähig ausgebaut wurden. Von den spätgotischen Türmchen hat man einen weiten Blick auf die Wald- und Wiesenlandschaft des Tals der Lidoire.

Ich binde das Pferd neben der Durchfahrt an, durchschreite das halb geöffnete Tor und halte mich rechts. Kurz werfe ich einen Blick auf den Schlosshof, dann blicke ich zurück zur Mauer und finde den Eingang des großen Wehrturmes, in dem ich den Schlossherrn jetzt vermute. Ich trete ein und bin überrascht: Nachdem ich mich an das Halbdunkel gewöhnt habe, entsteht vor meinen Augen das blaue Firmament eines Kapellengewölbes. Viermal findet sich hier das Wappen derer von Montaigne, aber auch andere Wappen, die mir nichts sagen. Die Wände sind mit Malereien geschmückt. Ich entdecke den Aufgang zu den oberen Stockwerken. Eine Wendeltreppe in der Wand, für die offenbar ein kleiner

Rundturm gesondert angebaut wurde, führt nach oben. Kurz vor Erreichen des 1. Stocks finde ich eine Tür, über die man den Laufgang der Verteidigungsmauer erreichen kann. Dann gelange ich in einen kreisrunden Wohnraum, etwa 15 Meter durchmessend. An der Wand ragt ein mächtiger Kamin empor. Alle Wände sind mit Darstellungen mythologischer Themen bemalt. Drei kleine Fenster sorgen für bescheidenes Licht. Diese Etage ist Wohnzimmer, Ankleideraum und Schlafzimmer zugleich. Ich möchte nicht zu indiskret sein und wende mich wieder der Wendeltreppe zu. Ein kleines Fenster gewährt mir beim Aufstieg einen Blick auf das Chateau, dann erreiche ich das zweite Stockwerk. Ich betrete einen Raum, dessen Decke aus Holzbalken besteht. Darüber muss sich das runde, spitz zulaufende Turmdach befinden. Sofort bemerke ich, dass viele der Balken mit Sprüchen versehen sind. Mein Blick fällt auf unzählige, liegend übereinander gestapelte Bücher, und dann sehe ich nahe am Fenster einen Tisch, einen Stuhl und dort jenen Mann, den ich befragen will, der zunächst noch über ein Manuskript gebeugt ist, dann aber aufmerksam wird und mich aus wachen Augen verwundert anblickt. Er schweigt einen Moment, betrachtet mich von oben bis unten.

„Sind Sie gemeldet?"
Ich schüttele den Kopf.
„Monsieur de Montaigne, verzeihen Sie mein plötzliches Erscheinen. Mein Name ist Dr. Ralph. Es war mir nicht möglich, mich anzumelden. Dennoch bitte ich Sie, mir etwas Zeit zu gewähren."
Sein Blick bleibt skeptisch.
„Sie sind seltsam gekleidet. Woher kommen Sie?"
„Aus Westfalen."
„Das ist ein langer Weg."
Er überlegt einen Moment.
„Und was führt Sie von dort in meinen Turm?"
„Ich möchte Sie bitten mir zu sagen, wer Etiénne de la Boétie war."

Montaigne erhebt sich, geht vom Schreibtisch zum Fenster, blickt hinaus. Nach einigen Sekunden dreht er sich um, sieht mich eindringlich an.

„Warum?"

„Ich erhalte Briefe, deren Herkunft ich nicht deuten kann. Sie scheinen aus Sarlat zu kommen und etwas mit La Boétie zu tun zu haben."

„Unmöglich. Etiénne de la Boétie ist tot."

„Das weiß ich wohl. Aber ich glaube die Dinge nur verstehen zu können, wenn ich etwas über ihn erfahre. Wie das alles zusammenhängt, ist mir selbst unklar."

Er schüttelt den Kopf.

„Eine seltsame Geschichte, die Sie mir da erzählen. Ich kann dazu nichts sagen."

„Man hat mir gesagt, von allen, die ihm begegneten, hätten Sie ihn am genauesten gekannt. Und Sie könnten auch seine Schriften am ehesten beurteilen."

Wieder dreht er sich zum Fenster, schaut hinaus auf einen imaginären Punkt. Wartet.

„Und Sie sind deshalb aus Westfalen hierher gekommen?"

„Ja, so ist es."

Erneutes Warten.

„Gut. Ich will Ihnen von Etiénne de la Boétie erzählen."

Er beginnt, ohne sich vom Fenster abzuwenden.

„Beginnen wir mit seinen Schriften: Als ich einem Maler, der für mich tätig war, bei der Verrichtung seiner Arbeit zuschaute, überkam ich Lust, es ihm gleichzutun. Im mittleren Teil jeder Wand wählte er die jeweils günstigste Stelle, um dort ein mit seiner ganzen Meisterschaft ausgeführtes Meisterwerk anzubringen. Den leeren Raum ringsherum jedoch füllte er mit Grotesken, also mit bizarren Phantasiegebilden, deren einziger Reiz in ihrem Variationsreichtum und ihrer Absonderlichkeit liegt. Und so scheinen auch meine eigenen Schriften, die ‚Essais', in Wahrheit nichts anderes als eben solche Grotesken zu sein und monströse, aus unterschiedlichen Gliedern zusammengestückelte Zerrbilder, ohne klare Gestalt, in Anordnung, Aufeinanderfolge und Größenverhältnis dem reinen Zufall überlassen. Zu wahrer Meisterschaft scheine ich nicht befähigt zu sein, und so habe ich mir ein Meisterwerk von Etiénne de la Boétie ausgeliehen. Es ist ein Traktat, dem er den Titel gab: ,Abhandlung über die freiwillige Knechtschaft'. Aber Leute, die es besser wussten, haben es später ,Gegen Alleinherrschaft' getauft. Er schrieb es in seiner Jugend als eine Art Essay wider die Tyrannen, zum Lobpreis der Freiheit. Nun aber ist von ihm nichts übergeblieben als diese Abhandlung. Das ist fast alles, was ich aus seinem Nachlass bergen konnte - ich, den er, den Tod schon an der Kehle, im Jahre 1563 in so liebevoller Wertschätzung testamentarisch zum Erben seiner Bibliothek und seiner Papiere bestimmte; dazu jenes Büchlein seiner Werke, dass ich mittlerweile veröffentlichen ließ. Der Abhandlung ,Gegen Alleinherrschaft' bin ich ganz besonders verbunden, da sie zur Vermittlerin unserer ersten Freundschaft wurde. Sie leitete eine Freundschaft in die Wege, die wir zwischen uns, solange es Gott gefiel, auf derart vollkommene Weise gepflegt haben, dass sich in der Vergangenheit gewiss kein Beispiel hierfür finden lässt - und unter heutigen Menschen schon gar nicht."

„Wie meinen Sie das?" Er wendet sich vom Fenster ab und bedeutet mir mit einer Handbewegung, auf einem Stuhl Platz zu nehmen.

„Zu nichts scheint die Natur den Menschen mehr bestimmt zu haben denn zu einem gesellschaftlichen Wesen. Aristoteles sagt, die guten Gesetzgeber hätten sogar in höherem Maße als für die Gerechtigkeit für den Schutz der Freundschaft Sorge getragen, und wirklich bildet sie die Krönung der Gesellschaft. All jene menschlichen Beziehungen nämlich, die aus geschlechtlichem Bedürfnis oder Gewinnstreben, aus öffentlicher oder persönlicher Notwendigkeit entstehen und gepflegt werden, sind umso weniger schön und edel und daher

um so weniger wahre Freundschaften, als sich hier an-
dere Gründe, Zwecke oder Erwartungen beimischen.
Auch die vier antiken Formen der verwandtschaftli-
chen, der geselligen, der gastlichen und der geschlecht-
lichen Freundschaft werden deren vollendeten Ausprä-
gungen nicht gerecht, weder einzeln, noch zusammen-
genommen."

"Aber wie steht es um die Eltern?"

"Ich will nicht sagen, dass ich zu Hause nicht alle er-
denklichen Zuneigungen erfahren und erwidert hätte -
besaß ich doch den besten Vater, den es je gab, und
den bis in sein hohes Alter verständnisvollsten; ich
stamme aus einer von Generationen her wegen der in
ihr herrschenden brüderlichen Eintracht berühmten, ja
mustergültigen Familie. Aber grundsätzlich können Va-
ter und Sohn sehr unterschiedliche Charaktere haben
und die Brüder ebenso. Ein Verwandter kann trotz al-
lem ein grober Klotz sein, ein Trottel oder ein Böse-
wicht."

"Und die Beziehungen zwischen Männern und Frau-
en?"

"Die Liebe zu den Frauen kann man, obwohl sie eben-
falls unsrer eigenen Wahl entsprechen, genauso wenig
mit wahrer Freundschaft vergleichen noch überhaupt
dieser Rangstufe zuordnen. Ihr Feuer, das muss ich zu-
geben, ist zwar heftiger, beißender und verzehrender,
aber es flackert nur flüchtig auf, in ständigem Wechseln
hin und her wabernd: eine Fieberhitze, die bald steigt,
bald fällt. Bei der Freundschaft hingegen umfasst uns
eine alles durchdringende, dabei gleichmäßige und
wohlige Wärme, beständig und mild, ganz Innigkeit und
stiller Glanz."

"Aber was hat das mit La Boétie zu tun?"

"Bei der Freundschaft, von der ich spreche, verschmel-
zen zwei Seelen und gehen derart ineinander auf, dass
sie sogar die Naht nicht mehr finden, die sie eint. Wenn
man in mich dringt zu sagen, warum ich Etiénne de la
Boétie liebte, fühle ich, dass nur eine Antwort dies aus-

drücken kann: Weil er er war, und weil ich ich war. Bei der ersten Begegnung, die 1557 zufällig auf einer großen städtischen Feier und Geselligkeit erfolgte, fühlten wir uns so zueinander hingezogen, ja so miteinander bekannt und verbunden, dass wir von Stund an ein Herz und eine Seele waren. Vielleicht werden Sie das nicht völlig nachvollziehen können. Man vermag in dem einen die Schönheit zu lieben, im anderen die Gefälligkeit der Umgangsformen, im dritten die Großzügigkeit, im vierten das väterliche Wohlwollen, im fünften die Brüderlichkeit und so weiter: die wahre Freundschaft ergreift vom ganzen Menschen Besitz. Das war zwischen mir und Etiénne de la Boétie der Fall. Und seit dem Tag, da ich ihn verlor, ist das nicht mehr der Fall."

Montaigne ist wieder zum Fenster gegangen und blickt hinaus. Wir schweigen einen Moment.

„Und diese Schrift ‚Von der selbstverschuldeten Knechtschaft'. Worum geht es in diesem Buch?"

„Es geht um die alten Fragen der Macht und des politischen Miteinanders der Menschen. Etiénne de la Boétie hat diese Schrift im Alter von 18 Jahren verfasst. Es ist, wenn Sie so wollen, ein Gegenentwurf zu Machiavellis ‚el principe', obwohl er nicht als solcher gedacht war. Etiénne de la Boétie entwickelt eine Utopie. Er denkt sich eine tyrannenfreie, ja fürstenfreie Gesellschaft, die fast nach demokratischem Gleichheitsprinzip funktioniert. Er hat nie akzeptieren wollen, dass die Menschen die ihnen gegebene Monarchie einfach so hinnehmen. Denn dadurch, dass sie nichts gegen die Monarchie tun, sind sie selbst an ihrer Knechtschaft schuld. Ein Tyrann ist wie von selbst gestürzt, wenn das Land nur nicht in die Knechtschaft einwilligt. Man braucht einem Tyrannen nichts zu entziehen, sondern ihm nur nichts zu geben. Statt dessen unterwirft das Volk sich selbst und schneidet sich selbst die Kehle durch, und bei der Wahl, Sklave zu sein oder frei, gibt es seine Unabhängigkeit auf und beugt sich unter das Joch, es willigt in sein Elend ein und jagt ihm vielmehr nach. Der Mensch

ist von Natur aus frei. Aber die erste Ursache der frei-
willigen Knechtschaft ist die Gewohnheit. Falsche Er-
ziehung, Spiele und Feste führen zu so etwas. Und dann
halten vier oder fünf Leute, gestützt auf Günstlingswirt-
schaft, das ganze Land in Knechtschaft."
„Sagt das La Boétie, oder spricht hier schon Michel
der Montaigne?"
Montaigne dreht sich um und blickt mich erstaunt an.
„Sie lernen schnell. Ja, diese Schrift hat meine ganze
Sympathie, aber vergessen Sie nicht, dass es sich um
Gedanken einer Frühschrift handelt. Selbst wenn das
Wort Frühschrift hier seltsam klingt. Natürlich gibt es
ebensoviel Argumente für das genaue Gegenteil. Haben
Sie Sich einmal vorgestellt, was geschähe, würde das
Volk die Macht übernehmen? Würde dann die Freiheit
zur Gerechtigkeit führen? Oder würde nicht zunächst
alles in Blut getränkt? Würden sich nicht auch dann
wieder einige wenige finden, die, getragen von Günst-
lingswirtschaft, das Volk in Knechtschaft legen und mit
Brot und Spielen in gewohnheitsmäßiger Trägheit halten?"
„Aber würde das, was Sie da sagen, La Boétie nicht
widersprechen?"
Montaigne zeigt auf einen der Deckenbalken über uns,
die mit Sprüchen versehen sind.
„Nehmen Sie diesen Satz von Sextus Empiricus: Jedem
Grund steht ein gleicher gegenüber. Das ist unser
Problem. Wir entscheiden, ob das Alte oder das Neue
das Bessere ist. La Boétie hatte zunächst aber völlig
Recht. Er war mutig, weil er die bestehenden Übel
beim Namen nannte."
„Sie sind Bürgermeister von Bordeaux. Und als solcher
kommen Sie doch nicht zu klaren Entschlüssen, wenn
sie dabei stehen bleiben, dass es für alles ebensoviel
Gründe wie Gegengründe gibt."
„Wenn nichts klar ist, dann ist die Unterlassung der
richtige Weg. Und so habe ich versucht, Bordeaux aus
den Religionskriegen herauszuhalten, und das ist bis-

lang auch gelungen. Und so folge ich auch in meinen
,Essais' der Devise, mich nicht mit dogmatischen Über-
zeugungen zu äußern, sondern nur zu erzählen, was ich
erlebe. Und solange die Suche anhält, ist ein Leben
nach den väterlichen Sitten, den Gesetzen, den über-
kommenen Lebensformen und den eigenen Erfahrungen
anzustreben. "

„Führt das nicht zu Fatalismus und zu einem rein kon-
servativen Verhalten?"

„Ich verstehe Sie nicht. Schauen Sie diese Zeit an.
Menschen foltern, verfolgen und töten auf brutalste
Weise, weil sie meinen, den rechten Glauben oder die
rechte Überzeugung zu haben. Ist es nicht der Welt an-
gemessener, die eigene Unwissenheit anzuerkennen und
dann daraus zu schließen: Ich halte mein Urteil zurück? Ist die Unterlassung nicht die einzig angemessene Haltung, wenn man nichts mit Gewissheit wissen
kann?"

„Aber gerade wenn Menschen gefoltert werden, wenn
sie brutal verfolgt werden, kann man sich denn auch
aus den Geschehnissen heraushalten? Ist dann die Unterlassung die beste Haltung?"

Ich betrachte meinen Gesprächspartner ungläubig.

„Natürlich müssen wir das von Menschen erzeugte Leid
aufhalten und verhindern, so es in unserer Macht
steht. "

„Und unser eigenes Leid? Was ist mit dem Tod eines
Freundes?

Montaigne dreht sich um und blickt mich an. Er hält
einen Moment inne.

„Das Ziel unserer Laufbahn ist der Tod: Er ist unver-
meidlich unsere Richtung; wenn wir davor erschrecken,
wie ist es möglich, einen Schritt weiter zu tun ohne Fieber? Das Mittel des einfältigen Haufens ist, nicht daran
zu denken. Welche viehische Dummheit kann sie in diese grobe Blindheit versetzen? Um damit anzufangen,
ihm seine Macht über uns abzugewinnen, müssen wir
eine der gewöhnlichen ganz entgegengesetzte Methode

einschlagen. Nehmen wir ihm das Fremde, machen wir seine Bekanntschaft, machen wir ihn uns beständig gegenwärtig, beim Stolpern eines Pferdes, beim Fall eines Dachziegels und bei allen erdenklichen Geschehnissen.

Jung und Alt verlassen das Leben, der eine wie der andere. Keiner geht anders hinaus, als ob er eben hineingetreten wäre. Es ist ungewiss, wo der Tod uns erwartet; erwarten wir ihn also allenthalben! Sinnen auf den Tod ist Sinnen nach Freiheit. Wer sterben gelernt hat, versteht das Dienen nicht mehr. Lange Zeit leben und kurze Zeit leben wird durch den Tod einerlei. Denn lang und kurz misst keine Dinge, die nicht mehr sind. Wenn ihr einen Tag gelebt habt, habt ihr alles gesehen; ein Tag ist gleich allen übrigen Tagen. Diese Sonne, dieser Mond, diese Gestirne, sie sind alle gerade so, wie es eure Großväter genossen haben und wie es eure Enkel befinden werden. Seid der guten Natur dankbar und genießt alles, was sie euch in reichem Maße schenkt. Und lebt euren Essay. - Die letzte Zeile ist vorgegeben."

Wir schweigen. Und ich sehe Montaigne weiter am Fenster stehen, in die Ferne blicken.

„Sie müssen sich jetzt entfernen. Wir haben viel aufgewühlt, von dem ich dachte, es wäre mir vielleicht nicht mehr ganz so nahe. Ich muss allein sein."

Ich stehe auf, will mich bedanken, aber Montaigne scheint wie in Abwesenheit versunken, und so spreche ich ihn nicht mehr an, sondern gehe die wenigen Schritte zur Treppe, um ihn der Einsamkeit seines Turmes zu überlassen.

Mit der Vorstellung, die Stufen der Turmtreppe hinabzuschreiten, öffne ich langsam die Augen, blicke um mich, betrachte die Unordnung auf meinem Schreibtisch und bemerke, dass mein Studio im 2. Stock durchaus einige Ähnlichkeit hat mit dem Refugium des Michel de Montaigne. Dann bemerke ich, dass Lena die Treppen heraufgekommen ist. Stolz hält sie ein Blatt Papier in der Hand. Sie hat das Haus der kleinen frechen Hexe Lisbet gemalt. Es hat drei Stockwerke, und die Ähnlichkeit mit einem Turm ist unverkennbar.

Jenseits von Eldorado

Es ist regnerisch, wie oft im April. Ich habe den Wagen abgestellt und gehe die wenigen Meter zum Haus. Sofort fällt mir auf, dass jemand ein Päckchen vor den Absatz der Eingangstür gelegt hat. Ich hebe es auf und nehme es mit hinein. In der Küche finde ich eine Schere. Das Päckchen ist an mich adressiert, hat aber keinen Absender. Es ist mit einer französischen Marke versehen und wohl auch in Frankreich abgestempelt worden. Neugierig durchschneide ich das Klebeband, bis es mir gelingt, das kleine Pappschächtelchen zu öffnen. Zunächst fällt mir eine Packung Gauloises in die Hände, mit französischem Steuerzeichen. Dann stoße ich auf zwei CDs. Ich öffne beide Hüllen und stelle fest, dass es sich um „gebrannte" handelt. In beiden Hüllen steckt jeweils ein kleines kopiertes Papier, das etwas über den Inhalt der CD aussagt: „Leonard Bernstein - Candide". Dann stoße ich auf einen kleinen, mit sehr gleichmäßiger und schöner Handschrift geschriebenen Bogen Papier. Ich lese ...

Lieber Sir Ralph,

erhielt ich Ihre Antwort, mein lieber Freund, so nur mit der Freude, sie empfangen zu haben, doch leider durchaus verwundert durch Ihre Worte. So sende ich Ihnen zweierlei: eine zeitgenössische Vertonung unseres Werkes als Hilfe, sich zu erinnern, und etwas aus meinem

Lande zum Genusse, auf dass Ihre Aufmerksamkeit mir erhalten bleibe.

Adieu, mein lieber Freund. Auf bessere Zeiten.

Arouet

*

„Übrigens, gibt es etwas Neues im Fall Arouet?"

Es ist Abend geworden, und ich sitze in Reiners Wohnzimmer. Zusammen warten wir auf Felix, der den Männerabend komplett machen soll.

Reiner hat mich mit einem Bier versorgt, leider wieder die von mir gar nicht geschätzten Cheese-and-Onions-Chips auf den Tisch gestellt und blickt mich erwartungsvoll an.

Ich stelle ihm eine Schachtel Gauloises auf den Tisch. Er schaut verblüfft.

„Wie. Soll das die Antwort sein?"

Ich kann mir ein Schmunzeln nicht verkneifen.

„Nun, sagen wir mal, ein Teil der Antwort. Heute Morgen bekam ich Post."

„Moment mal", unterbricht mich Reiner. „Bring' mich zunächst auf den aktuellen Stand deiner Nachforschungen."

„Gut. Also, was den Inhalt der besagten E-Mail angeht, bin ich nicht weiter, als wir beide es damals waren. Immerhin wusste Herr Linde etwas mit dem Namen Arouet anzufangen. Das ist nämlich der wirkliche Name jenes Mannes, der sich später selbst ‚Voltaire' nannte."

„Aha." Reiner überlegt. „Nicht schlecht. Das würde ja auch unsere Sprachanalyse bestätigen. 18. Jahrhundert. Aber es hilft nicht viel. Der Mann ist tot und schreibt nicht mehr."

„Die Voltaire-Arouet-Schiene hat mich bisher auch noch nicht weiter gebracht. Aber vielleicht ändert sich das. Morgen treffe ich mich wieder mit Herrn Linde. Er scheint etwas entdeckt zu haben."

„Gut. Und sonst?"

„Ich habe die E-Mail auf ihren Ursprungsort zurückverfolgen können: Sarlat-la Canéda."

„Kenn' ich nicht. Wo ist das?"

„In Frankreich. Périgord Noir."

„Wo?"

„Etwa 150 Kilometer östlich von Bordeaux. Dort gab es einen gewissen Etiénne de la Boétie, der wiederum ein Freund von Michel de Montaigne gewesen ist."

„Mein lieber Mann. Geht das denn nicht einfacher. La Boétie und Montaigne haben mit Voltaire nicht einmal das Jahrhundert gemeinsam. Gut, sie sind Franzosen und allesamt Philosophen, aber Voltaire war, soweit mir bekannt, nie im - wie heißt das? Perigord Noir. Da scheint mir doch etwas falsch zu laufen."

„Was soll ich tun? Ich folge den Spuren. Der Inhalt der Mail führt hierhin, der Ort des Absendens dorthin. Aber kommen wir doch zurück auf diese kleine blaue Schachtel hier."

Beide blicken wir auf die noch immer ungeöffnete Schachtel Gauloises mit französischem Steuerzeichen.

„Diese Zigaretten habe ich heute per Post erhalten. In einem Päckchen ohne Absender, mit französischen Briefmarken. Darin befanden sich ferner zwei CDs und ein kurzer Brief."

Ich reiche ihm beides über den Tisch

„Ich suche auch noch jemanden, der mir regelmäßig Zigaretten schickt."

Und er beginnt zu lesen. Dann schaut er auf.

„Interessant. Er will dich offenbar bei Laune halten. Und er gibt dir einen echten Tipp."

„Ja, die Sache mit dem ‚Candide'. In der E-Mail hat er von einem Werk gesprochen, das ich geschrieben haben soll. Er hätte dann angeblich den Ruhm geerntet. Wahrscheinlich ist das hier eine Konkretisierung."

„Das sehe ich ebenso. Du bist in deinen Recherchen inzwischen darauf gestoßen, dass sich hinter ‚Arouet' der Name ‚Voltaire' verbirgt - oder umgekehrt. Egal.

Wie auch immer. Dieser Voltaire hat in der Tat einen Roman mit dem Titel ‚Candide' geschrieben."

„Richtig. Aber, ehrlich gesagt, weiß ich nicht genauer, um was es da geht. Ich meine, es handelt sich da um eine ironische Abrechnung mit Leibniz."

„Mit Leibniz, oder genauer mit dessen Deutung des Leidens und des Übels in der Welt. Dieser Candide glaubt an das Gute und fällt ständig auf die Nase."

„Also hätten wir jetzt neben Voltaire auch noch Leibniz im Boot."

„Das muss nicht sein. Vielleicht ist die Lösung ja sehr einfach. Aber eins ist jetzt klar. Sie findet sich im ‚Candide'."

Ich blicke zur Bücherwand, auf die sich leicht einbiegenden Regalbretter.

„Du brauchst nicht zu suchen. Ich hab' das Buch nicht."

„Schade. Zu Hause hab ich es auch nicht. Also geht es morgen wieder in die Stadtbücherei."

„Sei nicht so geizig. Als Taschenbuch wirst du dir die Sache doch wohl noch leisten können."

In diesem Moment klingelt es. Reiner geht an die Tür.

*

Einen Augenblick später kommt er mit Felix zurück.

„Guten Abend. Ah, ich sehe, ihr habt schon angefangen."

Felix blickt auf das geöffnete Bier. Reiner bemerkt es.

„Für dich auch?"

Felix schüttelt den Kopf.

„Wenn du erst einmal ein Wasser hättest."

Reiner schmunzelt und begibt sich in die Küche.

„Ich bitte um Entschuldigung. Da war noch jemand aus der Nachbarschaft herübergekommen. Es steht wieder eine Hochzeit an, und wir Nachbarn müssen uns was einfallen lassen. Du weißt ja, wie das auf dem Dorfe so ist. Und da ich bislang immer die Laudatio in Gedichtform gemacht habe, werde ich wohl auch diesmal nicht daran vorbeikommen."

„Ja, wenn man erst einmal als Deutschlehrer geoutet ist."

„Ich sag' es dir."

Reiner kommt mit zwei Flaschen Bier, einer Flasche Wasser und einem Glas.

„Hör' mal, Felix, hast du schon mal den ‚Candide' gelesen?"

„Voltaire?"

„Richtig."

„Nein. Na ja, allenfalls in Auszügen. Was willst du denn wissen."

„Wir haben gerade darüber gesprochen und festgestellt, dass wir so ziemlich gar nichts wissen." Reiner öffnet die Wasserflasche und schenkt Felix ein.

„Das wenige, was ich vom ‚Candide' weiß, habe ich aus dem Studium. In einem Seminar zur Staatsphilosophie haben wir den ‚Candide' auszugsweise gelesen. Es ging in diesem Seminar um Utopien, meine ich, und in Voltaires Roman gelangt Candide auf seiner Reise durch die Welt in das sagenhafte Land Eldorado. Dort gibt es keine Gesetze und keine Gefängnisse. Es gibt keine Klassengegensätze. Allgemein herrscht Wohlstand und Toleranz, so dass die Einwohner von Eldorado auch gar nicht auf den Gedanken kommen, das Land zu verlassen. Und deshalb bleibt es unentdeckt."

„Voltaire spinnt." Reiner nimmt einen Schluck Bier. „So etwas funktioniert nicht."

„Wir haben uns damals auch gestritten", fährt Felix fort. „Hat Voltaire das nun als ernstzunehmende Utopie gedacht, oder ist es eine Kritik an den Verhältnissen seiner Zeit, die ja im Roman nicht die Qualität einer staatsphilosophischen Theorie haben muss."

„Zu welchem Schluss seid ihr gekommen?"

„Wir haben die zweite Lösung gewählt. Voltaire will unterhalten, und da nimmt er es nicht so genau. In einer Satire darf man halt derb übertreiben."

Reiner zündet sich eine Zigarette an.

„Trotzdem hätte Voltaire hier nicht derart blauäugig arbeiten sollen. Die Geschichte der letzten beiden Jahrtausende zeigt doch, dass es Toleranz und das Fehlen von Klassengegensätzen de facto nicht gibt."

„Aber immerhin zeigt er", erwidert Felix, „woran es in der politischen Realität tatsächlich fehlt. Und das war wohl immer so, und auch die Staatsphilosophen, meine ich, seien es die alten Griechen oder die modernen, bekommen dieses Problem ja nicht in den Griff."

Nun schalte auch ich mich ein.

„Zumindest für das alte Griechenland würde ich das aber nicht so sehen. Damals wurde doch von Grund auf anders gedacht."

„Wie meinst du das?" Auch Felix zündet sich eine Zigarette an.

„Nun, das liegt wohl an der Ethik der alten Griechen und Römer. Also, ich denke jetzt an Aristoteles, oder Epikur, oder die Stoiker, Seneca und Marc Aurel etwa. Ziel der antiken Ethik ist es ja nicht, nach irgendwelchen Regeln gut zu handeln. Die antike Ethik ist ja auf den ersten Blick in gewisser Hinsicht sehr egoistisch. Die Menschen wollen ‚eudaimonia', die Glückseligkeit erreichen. Darum ging es den Griechen, damit hatte man ein Ziel vor Augen, und dann stellte sich die Frage, wie man das erreicht. Es war also zu klären, wie man sein Leben gestalten musste, um Glückseligkeit zu erreichen. Und eine Handlung, die half, dieses Ziel zu erreichen, war gut. Wenn man sich die Ethik eines Aristoteles oder Epikur oder Marc Aurel anschaut, wird man in jedem Detail erkennen, dass Gut und Schlecht an diesem Ziel der Glückseligkeit gemessen werden."

„Und was hat das jetzt mit Politik zu tun?"

„Nun, ich komme drauf. Wie also soll man leben? Die Antwort vieler Griechen war eine sehr moderne. Im Grunde dreht sich alles um den griechischen Begriff der ‚arete'. Den findet man häufig mit ‚Tugend' übersetzt. Aber mit ‚Tugend' kann heute ja niemand mehr

etwas anfangen. Was soll man darunter verstehen? Ich übersetze ‚arete' gerne mit ‚Bestform'. Das macht die Sache nämlich sehr deutlich und zeigt, wie modern die Vorstellung ist. Denken wir einmal einen Augenblick wie Evolutionstheoretiker: Jeder Organismus hat von Beginn an bestimmte Anlagen. Heute sprechen wir gern von Genen. Wie auch immer, diese Anlagen können im Laufe eines Lebens entwickelt, oder besser: ausgewikkelt werden. Wir wissen, das ist nicht einfach. Vieles hindert uns daran, das auszuwickeln, was in uns steckt. Denken wir uns ein Kind, dass musikalisch begabt ist. Wenn es durch die Eltern und die Umgebung nicht gefördert wird, bleiben die eigentlich vorhandenen musikalischen Anlagen des Kindes wahrscheinlich unsichtbar, oder besser unhörbar. Vielleicht wird das Kind selbst kaum spüren, dass es solch eine Begabung hat. Optimal wäre es, wenn man die Begabung des Kindes kennen und sich entwickeln lassen würde. Und da sind wir nun wieder bei ‚arete', die ‚Bestform'. Wenn die Griechen ‚arete' erreichen wollten, so meinten sie im Grunde, dass sie die ihnen innewohnenden Anlagen bestmöglich entwickeln wollten. Und sie waren der Meinung, dass derjenige, der seine Anlagen zur Bestform entwickelt hätte, Glückseligkeit erreiche. So bestand die Ethik der Griechen also vor allem darin, Lebensregeln zu finden, die es möglich machen, seine Anlagen bestmöglich zu entwickeln und auf diesem Wege glücklich zu werden - sozusagen die griechische Antwort auf die Frage nach dem Sinn des Lebens."
Reiner und Felix sind etwas ungeduldig geworden. Reiner bringt es auf den Punkt.
„Was hat das denn nun alles mit Politik zu tun?"
„Nun, zumindest bei Aristoteles und Seneca und Mark Aurel gehört es zu den Anlagen des Menschen, dass er ein geselliges Wesen, ein Gesellschaftswesen ist. Auch diese Anlage muss entwickelt werden, z.B. in der Freundschaft, aber auch im Zusammenleben in einer Polis, einem Staat, wenn man so will. Und damit muss

der Mensch, der die ‚Bestform' seiner Anlagen anstrebt, um glücklich zu werden, sich auch in die Politik einmischen und ist damit von Grund auf ein politisches Wesen. Ob daraus allerdings Toleranz und Gleichheit entstehen, bleibt fraglich."

„Wie meinst du das?"

„Man könnte ja meinen, dass die Demokratie der Griechen vor dem Hintergrund dieser Gedanken entstanden sei. Alle beteiligen sich an der Politik, weil es zur Entwicklung der ‚Bestform' der eigenen Anlagen nötig und sinnvoll ist. Also, aus einem zunächst egozentrischen Motiv erwächst eine politische Pflicht für alle, und schon haben wir das Bedürfnis nach Demokratie. Wenn man sich die Demokratie etwa im antiken Athen dann anschaut, merkt man aber schnell, dass da etwas ganz anders läuft, als wir uns das gedacht haben. Nicht nur Kinder, nein, auch Frauen und Sklaven sind vom politischen Geschäft ausgeschlossen. Und das nicht etwa, weil in der Entwicklung der Demokratie etwas falsch gelaufen ist. Nein, das griechische Menschenbild ist dem unseren da völlig fremd. Das, was Aristoteles und all die anderen sagen, gilt für Männer, nicht für Frauen und nicht für Unfreie. Und schon ist es wieder vorbei mit Freiheit und Gleichheit."

Felix schüttelt den Kopf.

„Ich habe das immer anders verstanden. Zumindest bei Marc Aurel, vielleicht auch bei Aristoteles, ist es doch so, dass man das Gemeinweisen, also den Staat, als kleineres Abbild der kosmischen Ordnung sieht, und da der Mensch Teil der kosmischen Ordnung ist, meine ich, muss er auch im kleineren Ordnungssystem, also dem Staat, Verantwortung übernehmen."

„Nun, vielleicht hast du Recht. Da müsste man einen Experten heranziehen. Ich habe ja auch nur weniges gelesen, und wer weiß, ob ich die Dinge richtig deute. Deine Deutung ist zumindest im Mittelalter eine häufige Argumentation, wenn es um die Legitimation von Königen und Päpsten geht. Bei Thomas von Aquin gibt es eine solche Argumentation. So wie Gott in der großen Welt über seine Schöpfung herrscht und in der kleinen Welt der Geist eines Menschen seinen Körper regiert, so herrscht der König in der mittleren Welt, dem Staat, über die Menschen, zumindest was die weltlichen Dinge angeht. Er ist für Stabilität und Wohlstand verantwortlich und stellt also sicher, dass die Menschen die Grundlagen haben, sich um ihre Glückseligkeit, hier das Ewige Leben, zu kümmern. In geistlichen Dingen ist dagegen der Klerus, genauer der Papst, Regent der mittleren Welt."

Reiner hat lange nur zugehört.

„Und damit hätten wir auch im Mittelalter weder Freiheit noch Gleichheit. Noch mal zur Antike. Dieser arete-Gedanke, der scheint dich ja sehr zu faszinieren. Der hat etwas von Selbstverwirklichung. Aber es ist natürlich Augenwischerei, wenn man glaubt, Selbstverwirklichung führe zu Freiheit und Gleichheit. Da ist das griechische Beispiel sehr interessant. Und ich glaube, auch heute scheitert Politik an eben dieser Selbstverwirklichung, oder anders gesagt, eben gerade Freiheit und Gleichheit bringen die Politik oder auch die Demokratie zum Scheitern."

„Versteh' ich nicht." Felix schüttelt den Kopf. Ich tue es ihm nach. Reiner fährt fort.

„Also wenn wir mal Antike und Mittelalter beiseite lassen, dann sind es doch die Philosophen der Aufklärung, also Hobbes, Locke, und dann auch Rousseau in Frankreich, und dann Kant in Deutschland, die beginnen, die Ordnung eines Staates auf eine vernunftbegründete Vertragsgrundlage zu stellen. Der Staat soll auf einen Vertrag gründen, auf den sich alle Menschen einigen, einigen müssen, denn der Mensch ist von Grund auf frei, und nur durch eine teilweise Selbstaufgabe seiner Freiheit und der Einigung auf gemeinsame Gesetze kann ein Staat überhaupt entstehen."

„Soweit klar." Felix zündet sich eine weitere Zigarette an. „Und nun zur Selbstverwirklichung."

„Da nehmen wir als Beispiel Thomas Hobbes: Der behauptet, der Mensch sei wahrscheinlich schlecht - Hobbes konnte zu Lebzeiten ja einige Kriege besichtigen -, Missgunst, Neid und Herrschsucht treiben die Menschen in Konkurrenz. Im Grunde besteht zunächst einmal permanenter Kriegszustand zwischen den Menschen - solange es keinen Staat gibt, der das verhindert. Solange herrscht Chaos, Krieg aller gegen alle, oder wie Hobbes sagt: Das Leben ist armselig, ekelhaft, tierisch und kurz. Und ein Staat hat zunächst mal diesen Grund: nämlich das Leben der Menschen überhaupt zu sichern. Und dazu müssen sich die vielen freien und ansonsten völlig egoistisch handelnden Individuen auf Gesetze einigen. Hobbes hat dann noch das Problem zu sagen, wer diese Gesetze durchsetzt, denn trotz quasi demokratischer Entstehung des Staates, des Gesellschaftsvertrages, muss es ja eine Ordnungsmacht geben, die das Einhalten der Gesetze überwacht und durchsetzt. Das aber können nicht alle sein. Dieses Problem bleibt uns im Grunde bis heute erhalten. Und da beginnt nun eigentlich die ganze Debatte um Demokratie und - wie es so schön heißt - Partizipation."

Felix nimmt den Gesprächsfaden wieder auf:

„Richtig, dieser Gedanke wird dann im 17. und 18. Jahrhundert weitergedacht. Kant etwa sieht einen idealen Staat dann gegeben, wenn die Bürger des Staates individuelle Freiheitsrechte gegeneinander abwägen - salopp gesagt: Die Freiheit des einzelnen ist zunächst einmal unbegrenzt, endet aber da, wo sie mit den Freiheitsrechten eines anderen kollidiert. Ferner darf der Einzelne Gesetze mitbestimmen, hat Meinungsfreiheit, aber untersteht dem Regenten. Wobei Kant darüber schweigt, meine ich, wer Regent sein soll und wie er es wird. Andere entwickeln hinsichtlich der Bestimmung des Regenten oder der Regierung weitreichendere Vorstellungen. Das kann man jetzt gar nicht alles zusammenfassen. Aber das Ende der Entwicklung ist heute doch die Vorstellung, dass demokratische Staatsformen erstrebenswert sind, also Systeme, meine ich, die ein Höchstmaß an Partizipation bieten und in denen die Menschen die Regierung so weit wie möglich unmittelbar bestimmen."

Reiner hat aufmerksam zugehört, hat sich ein Bier geöffnet und greift wieder ein:

„Genau an diesem Punkt pflegt man heute brav zu nikken, und alle bezeichnen sich als gute Demokraten und meinen, sie hätten den Fortschritt auf ihrer Seite. Aber ist das denn auch so?"

Reiner nimmt einen Schluck Bier, und wir sind gespannt.

„Ich habe da in den letzten Wochen einen ziemlich klugen Kopf namens Alexis de Tocqueville kennen gelernt. Der war Jurist. 1830 reiste er zum Studium des amerikanischen Gefängniswesens in die jungen USA. Dort hat er wohl nicht nur Gefängnisse besucht, denn er schrieb danach ein recht dickleibiges Werk mit dem Titel ‚Über die Demokratie in Amerika'. Er beobachtet in seinem Buch sehr genau die politischen und gesellschaftlichen Zustände und kommt zu dem Ergebnis: Das alles ist gar nicht gut. Und die Begründung dieses Urteils ist kurios. Tocqueville behauptet, dass aristokratisch oder - ich muss wohl besser sagen - ‚ständisch' geordnete Gesellschaften überlebensfähiger sind als demokratische. Solange sich Stände nicht ändern, gibt es eine Kontinuität hinsichtlich der Zukunft und der Vergangenheit. Ein Aristokrat oder auch ein Bauer blickt zurück auf seine Ahnen, die über Jahrhunderte vor den gleichen Lebensaufgaben standen wie er selbst, und er hat großes Verständnis und wohl auch Bewunderung für die Leistungen der Väter. Er ist sich bewusst, dass auch seine Kinder und Enkel, gestellt in die gleiche Schicht und die gleiche Lebenssituation, ihre Aufgabe bewältigen müssen. Und er wird Sympathie für diese Kinder und Enkel haben, und er wird alles tun, um diesen Nachkommen den Weg zu ebnen. So jemand festigt, im Wunsch die Dinge auch für künftige Generationen bestmöglich zu bewahren, insgeheim die Stabilität des herrschenden politischen Systems. Anders die Menschen in Demokratien: Hier sind die Individuen frei und können, den nötige Wohlstand vorausgesetzt, im Prinzip tun, was sie wollen. Sie streben nach Selbstverwirklichung oder übelstenfalls nach bloßem Wohlleben. Die bestehenden Alterssicherungssysteme machen verantwortliches Nachdenken über die Zukunft grundsätzlich verzichtbar. Da tritt die Sorge um die Nachfahren und auch das Bewusstsein der eigenen Tradition in den Hintergrund, denn man selbst ist ja abgesichert, und die Lebenssituation und auch die Bedürfnisse und Werte der Kinder und Enkel werden wahrscheinlich andere sein; sie sind gar nicht vorhersehbar. Menschen, die unter diesen Bedingungen leben, sind dann eben nicht aktiv daran interessiert, dass das Bestehende erhalten bleibt. Sie wirken nicht stabilisierend. Die wenigsten werden sich politisch betätigen, weil sie mit Selbstverwirklichung oder bloßer Unterhaltung und Fun beschäftigt sind. Und das bedeutet für die Demokratie den Tod."

Reiner lehnt sich in seinen Sessel zurück und zündet sich eine weitere „Lucky" an. Einen Moment herrscht Stille, wohl weil das Gesagte erst einmal verdaut werden muss. Felix scheint nicht überzeugt zu sein.

„Also zunächst mal: Du nennst da einige soziale Errungenschaften, ohne ihre Vorteile aufzuzeigen, und wir dürfen auch nicht ausblenden, dass es dem Bauern im Mittelalter nicht gerade rosig ging. Der Aristokrat hatte da schon eher die Muße, über Vergangenheit und Zukunft nachzudenken, meine ich. Das blendet Tocqueville nämlich aus. Aber nehmen wir trotzdem mal das, was er sagen will: Das würde bedeuten, Freiheit und Wohlstand als Grundlagen des Individualismus untergraben langfristig das Politische und führen zum Untergang der Demokratie. Meint Tocqueville das so?"

„Kurz gesagt, ja. Demokratie ist mit Freiheit des Einzelnen gekoppelt, die Freiheit des Einzelnen bewirkt Individualismus, Individualismus gekoppelt mit Wohlstand schafft politische Interesselosigkeit: eine Demokratie ohne Demokraten."

„Und warum halten sich viele Demokratien dann so lange? Oder sind das alles keine Demokratien mehr?"

„Interessante Frage", werfe ich ein. „Ich hätte eine Antwort, aber aus einer ganz anderen Ecke."

„Sag' nicht, du hast auch gerade was gelesen."

„Ja, doch. Gerade gestern. Etiénne de la Boétie."

„Wer?"

„Ein Freund von Michel de Montaigne. La Boétie hat 1548, also lange vor den Philosophen der Aufklärung, eine Schrift mit dem Titel ‚Von der freiwilligen Knechtschaft' verfasst. Er äußert darin seinen Missmut gegenüber der Tyrannis, in seinem Fall gegen die Monarchie. Die Menschen seien deshalb unfrei, weil sie sich von einigen wenigen freiwillig unter Knechtschaft halten lassen. Sie müssten sich diesen wenigen nur entziehen, sie nicht mehr anerkennen, und die Knechtschaft wäre beseitigt. Bis hierhin bringt La Boétie also eine Art frühes Revolutionsmodell. Er stellt sich aber auch die Frage, warum die Menschen die Knechtschaft eben nicht abschütteln. Und nun wird es interessant. Zum einen gelingt es den wenigen wirklich Herrschenden durch ein System der Günstlingswirtschaft, ihr politisches und wirtschaftliches Netzwerk zu erhalten. Zum anderen sind die Versklavten einfach zu träge, sich zu erheben, weil das gegen die Gewohnheit ist und weil die Herrschenden das Volk durch Feste und Geselligkeit bei Laune halten. La Boétie denkt sich die Tyrannen - seiner Zeit entsprechend - als Herrscher in einer Monarchie, aber wäre das, was er sagt, nicht eventuell eine Antwort auf deine Frage?"

„Trägheit und pure Unterhaltung. Eine Demokratie schläft ein." Felix gießt sich Wasser nach. „Also ist es nichts mit Eldorado?"

„So sieht es wohl aus."

Für einige Sekunden herrscht Schweigen.

Reiner reicht mir eine „Lucky".

„Aber deine Frage lautet ja denn doch anders?"

Ich blicke ihn erstaunt an.

Er lächelt: „Wer ist Arouet?"

*

Auf der Fahrt nach Hause sind meine Gedanken noch einmal bei Arouet. Irgendetwas stimmt nicht. La Boétie ist ein Aufklärer, der den Menschen den Spiegel vorhält. Und Voltaire? Er zeigt, dass es wohl nichts wird mit den Utopien. Und er zweifelt kaum an Monarchie und der herausragenden Rolle der Aristokraten. Das passt nicht. La Boétie und Arouet - das lässt sich kaum verbinden. Die Spuren gehen auseinander. So sieht es zumindest für den Moment aus.

Aus dem Autoradio höre ich Wagner: der Abstieg Wotans und Loges in das unterirdische Reich der Nibelungen aus „Rheingold", dem Vorabend des „Rings des Nibelungen". Seltsam, wie das passt. Auch im „Ring" wird ja das Spiel der Herrschenden, der Günstlinge, der Unterdrückten gespielt. Der „Ring" selbst ist ja ein Symbol für Geld, Gier und Macht. Wagner sah in ihm das abscheuliche Bild der Weltherrschaft. Dem Zwerg Alberich gelingt es, den Ring aus dem der Natur geraubten Rheingold zu schmieden, weil er zuvor gelobt, der Liebe zu entsagen. Lieblosigkeit scheint offenbar die Voraussetzung für den effektiven Kampf um die Macht zu sein. Dieser Kampf - hier der Kampf um den Ring - löst eine Kettenreaktion der Vernichtung aus. Wer ihn besitzt, reißt sich und die Welt in den Abgrund. Wotan verstrickt sich aufgrund des Rings in immer neue Intrigen, die seinen eigenen Weltgesetzen widersprechen. Im Streit um den Ring erschlägt der Riese Fafner seinen Bruder Fasold. Aufgrund des Rings scheitert die Liebe des zum Retter der Welt auserkorenen Siegfried und seiner Braut Brünhilde. Die Liebenden müssen in einer solchen Welt ebenso zugrunde gehen wie jene „global player" vom Schlage Alberichs, Hagens und Wotans, denen jedes Mittel recht ist, die Weltmacht zu erlangen. 1849 stand Wagner zusammen mit Bakunin auf den Barrikaden in Dresden. Etwa zu dieser Zeit begann er die Konzeption des „Ringes". 26 Jahre hat er daran gearbeitet. Ich höre wieder bewusst auf die Musik im Autoradio. Während ich nachdachte, haben Wotan und Loge die Höhle der Nibelungen erreicht. Sie werden Alberich den Ring mit List entwenden, und der Kampf um die Macht wird weitergehen - jenseits von Eldorado.

Was ist Thunder-ten-Tronck?

2. Verfasserkorrektur. Ich prüfe Seite für Seite des neuen Buches. Zunächst die Rechtschreibung, dann die Bildkommentare, die Hierarchisierung der Überschriften, schließlich die Anordnung von Bild und Text. Dann müssen hin und wieder Textüberhänge sinnvoll gekürzt werden. Und schließlich geht es um die Gestaltung jeder einzelnen Seite: Hat der Layouter wirklich das umgesetzt, was ich ihm vorgegeben habe? Wie wirkt die Seite? Könnte sie nicht auch ganz anders angelegt werden? Sind Texte und Bilder sinnvoll positioniert? Ist das Ganze ansprechend für das Auge des Lesers? Kann man das ein oder andere Bild noch größer bringen? Seite für Seite. Immer wieder von Neuem der gleiche kritische Blick, das gleiche Nachsinnen über ein optimales Layout. Bevor ich mit einer Seite zufrieden bin, habe ich etliche Ideen entwickelt und wieder verworfen, alle möglichen Einwände bis ins Detail durchdacht. Und schließlich alle Monita und Änderungswünsche vermerkt. Eine mühsame Arbeit. Man meint, es geht kaum voran. Aber welch ein Gefühl, wenn die ersten druckfrischen Exemplare mit der Post gekommen sind und man sie in der Hand hält, wenn man zu blättern beginnt und merkt, dass all die Arbeit sich gelohnt hat.

Doch bis dahin ist es noch ein weiter Weg. Nach zwei Stunden habe ich zehn Seiten bearbeitet. Und ich denke, es ist Zeit für eine Pause, Kaffee und etwas Musik.

Erwartungsvoll lege ich die erste der Candide-CDs in den Player und nehme zwischen den Lautsprechern Platz. Bernstein ist mir als Dirigent vertraut. Als Komponist habe ich ihn nie wahrgenommen. Mir ist allenfalls bekannt, dass er die „West-Side-Story" geschrieben hat, aber auch die kenne ich nicht. Nun also "Candide". Es beginnt mit einer fulminanten, mit raffinierten Effekten versehenen Ouvertüre, die sehr amerikanisch klingt. Irgendwie nach Copeland, aber ich könnte auch wiederum nicht sagen, warum das so auf mich wirkt. Dann folgen drei Minuten gemischter Chor. Ich bekomme Probleme mit dem Libretto. Dem Englischen zu folgen fällt mir nicht eben leicht. Im Chorgesang geht es zunächst um Westfalen. Dann folgt ein Duett, in dem behauptet wird, die Welt wäre schön. Eine weitere Nummer - offenbar hat das Ganze Ähnlichkeit mit einer Nummernoper à la Zauberflöte - : Vier Personen besingen „the best of all possible worlds". Es folgt ein ruhiger Song; ich verstehe den Text nicht. Wieder ein Duett: Die westfälische Heimat wird besungen. Spätestens hier merkt man, dass Bernsteins Melodieführung dem Ohr sehr schmeichelt. Auch im folgenden Solo: „It must be so". Jemand besingt, dass er in ein fremdes Land verschlagen wurde. So geht es fort. Nummern mit unterschiedlicher Besetzung, wechselnden Tempi und Stimmungen, gespickt mit vielen spritzigen musikalischen Einfällen folgen aufeinander. Eine Geschichte wird erzählt, die ich nur teilweise verstehen kann. Nichts deutet darauf hin, dass in diesem Musical gehandelt wird.

Wie auch immer: Ohne Libretto komme ich nicht weiter. Zunächst suche ich im Konzertführer und finde dort erste Informationen:

Candide. Musical von Lillian Hellman und Leonard Bernstein. 1. Fassung 1956. 2. Fassung 1973. Aufführungsdauer ca. 2 Stunden.

Fast 200 Jahre nach Voltaires satirischem Roman hatte die Adaption von Hellman und Bernstein nur minimalen Erfolg. Während Bernsteins Musik allgemein gelobt wurde, schien eine philosophische Erzählung aus dem 18. Jahrhundert kein ideales Material für ein Musical zu sein. Erst die 2. Fassung ging stärker auf Voltaires Ironie ein und fand einhellige Zustimmung bei Publikum und Kritik.

Im Musical muss Candide alle von Menschen erdachten Schrecken in der „besten aller Welten" erleben, einschließlich der Qual, das unendliche Glück im Traumland Eldorado nicht ertragen zu können. Das Musical deutet diese Erlebnisse an, sie werden erzählt, nicht erlebt. Kurze Szenen wechseln sich ab. Durch die exotische Verschiedenartigkeit der Szenerie entsteht ein bunter Bilderbogen, der an Commedia dell'Arte und Straßentheater erinnert. Das Werk verspricht kurzweilige Unterhaltung, eine Mischung aus provokativem Musical und komischer Operette, als eine Auseinandersetzung mit Voltaires kalter, brillant formulierter Abrechung mit dem Optimismus.

Die Musik scheint also deutlich besser zu sein als das Libretto, das wiederum wohl nur ein schwacher Schatten des Voltaire-Originals ist. Ich überlege, was mein Briefschreiber mit diesen CDs bezweckt. Muss ich genauer im Text, genauer in der Musik suchen? Ist es nur ein kleiner Hinweis, auf der richtigen Bahn weiterzudenken?

*

Es ist früher Abend. Ich biege mit meinem Wagen in die Carlastraße ein und sehe meinen Freund Linde an seinen roten Golf gelehnt auf mich warten. Er steigt zu mir in den Wagen und wir begrüßen uns mit festem Handschlag.

„Guten Abend, Herr Arcus."

„Guten Abend, Herr Linde. Was sagen wir heute? Die ‚Alte Münze'?"

„Sonst gern, Herr Arcus, aber heute sollten wir mit Blick auf das, was ich Ihnen mitteilen kann, einmal nach Bückeburg fahren. Über die neue Schnellstraße sind wir ja in zehn Minuten da."

„Da bin ich gespannt, was Sie zu berichten haben."

Ich wende, und die Fahrt beginnt. Linde möchte zunächst den aktuellen Stand meiner Recherchen wissen. Ich berichte ihm alles, was ich bislang über den Inhalt der E-Mail und ihren wahrscheinlichen Herkunftsort erfahren habe, und informiere ihn über das jüngst erhaltene Päckchen.

„Das ist ja hochinteressant", sagt er, nachdem ich geendet habe. „Teilweise bestätigt das meine Vermutungen völlig. Teilweise kann ich das aber auch gar nicht einordnen. Was La Boétie oder Montaigne oder Sarlat mit der Sache zu tun haben sollen, ist mir schleierhaft. Vielleicht hat der E-Mail-Autor Sie ja, was seinen tatsächlichen Standort angeht, einfach täuschen wollen. Aber man wird sehen."

„Jetzt bin ich aber doch neugierig. Was haben Sie Neues für mich?"

„Herr Arcus, üben Sie sich in Geduld. Und steuern Sie in Bückeburg den Rathausplatz an, da wo auch der Eingang zum Schloss ist. Dort gibt es ein Café mit wunderschöner Atmosphäre. Bis wir dort ankommen ... haben Sie die Candide-CDs dabei?"

„Ja."

„Dann lassen Sie mich doch mal reinhören."

Ich nehme die erste der CDs aus der Hülle und schiebe sie in den CD-Schlitz des Autoradios. Sekunden später umgibt uns Bernsteins Ouvertüre, und ich drossele die Geschwindigkeit auf 120, um die Fahrtgeräusche zu reduzieren. Mit den ersten Nummern aus „Candide" erreichen wir Bückeburg und den Rathausplatz. Ich war lange nicht mehr hier und bemerke, dass der Platz neu gepflastert wurde. In der Mitte hat man einen Springbrunnen errichtet. Der Platz ist quadratisch angelegt. Ihn umgeben im Westen das Rathaus, im Süden der steinerne Torbogen, durch den man zum Schloss gelangt, im Norden eine Zugangsstraße, im Osten das Cafe, in das wir uns nun begeben. Von hier aus kann man den Platz auf sich wirken lassen. Linde hat nicht übertrieben. Es ist angenehm, hier zu sitzen. Die Bedienung kommt. Eine junge, dunkelhaarige Frau. Ihre Ausstrahlung erinnert mich an Südfrankreich. An einen Urlaub in Avignon. Das ist lange her. Sie lächelt mich an, als ich nicht gleich weiß, was ich bestellen möchte. Dann entscheide ich mich für zwei Weizen. Linde legt ein Buch auf den Tisch und beginnt.

„Vielleicht haben Sie sich über meinen Vorschlag, nach Bückeburg zu fahren, gewundert, aber es hat seinen Sinn. Also, ich will Sie nicht länger auf die Folter spannen. Ich habe mir den Text der E-Mail noch einmal vorgenommen. Da gibt es mehrfach den Hinweis auf einen Roman. Nachdem wir beide bemerkt haben, dass sicher hinter Arouet niemand Geringeres als Voltaire verbirgt, habe ich in meiner Bücherwand gestöbert, und dabei bin ich auf Interessantes gestoßen: Die Zahl der Romane Voltaires ist begrenzt. Ich habe einfach mal darin geblättert und quergelesen. Als ich zum ‚Candide' kam, wurde ich gleich mehrfach fündig. Mir ist aufgefallen, dass nicht alle Ausgaben die vollständige Überschrift des Romans wiedergeben, aber in einer konnte ich den vollständigen Titel finden. Ich habe Ihnen das Buch mitgebracht. Lesen Sie selbst."

Er nimmt das vor uns liegende Buch, schlägt es dort auf, wo ein Zettel eingelegt ist, und reicht es mir. Ich beginne zu lesen:

„Candide oder der Optimismus. Aus dem Deutschen übersetzt von Herrn Doktor Ralph samt den Bemerkungen, die man in der Tasche des Doktors fand, als er zu Minden im Jahre des Heils 1759 starb."

„Da bin ich platt." Ich überlege einen Moment. „Das erklärt, warum in der E-Mail von Dr. Ralph die Rede ist, und von Minden. Es erklärt, warum darin ein Roman erwähnt wird, der sowohl von Voltaire als auch von mir, also Moment, von einem gewissen Dr. Ralph - ja was? - übersetzt oder geschrieben wurde."

„Richtig. Aber damit noch nicht genug. Sie erinnern sich, dass in der E-Mail von ‚Thundern' und ‚Tronken' die Rede war. Der Roman ‚Candide' beginnt auf dem Schloss eines Barons in Westfalen, und dieser Ort heißt ‚Thunder-ten-Tronck'. Ich hab in der Sekundärliteratur geforscht. Die Experten sind sich einig, dass Voltaire als Vorbild für das Schloss ‚Thunder-ten-Tronck' das real existierende Schloss Bückeburg vor Augen hatte. Wenn er aus Paris oder Cirey kommend nach Berlin gereist ist, um Friedrich II. aufzusuchen, was er ja mehrfach getan hat, dann führte die Reiseroute über Soest nach Minden und von dort aus weiter nach Hannover. Und dann natürlich an Bückeburg vorbei."

Das Weizenbier kommt. Der Augenblick ist günstig.

„Auf Bückeburg."

Zwei Gläser schlagen aneinander. Wir nehmen den ersten Schluck.

„Herr Linde, ich bin sprachlos. Sie haben da einige wesentliche Mosaiksteine gefunden. Jetzt müssen wir überlegen, wie wir sie mit den anderen zusammenfügen. Also: Fast alles in dieser E-Mail hat mit Voltaire und seinem ‚Candide' zu tun. Ich soll angeblich dieser Sir Ralph sein. Dieser Sir Ralph ist die Verbindung zu Minden. Dann gibt es viele Anspielungen auf den Roman ‚Candide'. Der hat damals meine Heimat angeblich ziemlich dumm dastehen lassen. Er soll neu geschrieben werden. Also muss im Roman ein weiterer Schlüssel stecken, der uns helfen könnte."

„Das sehe ich auch so. Und das Päckchen, das Sie vor kurzem erhalten haben, ist noch einmal ein Hinweis darauf. Da schickt man Ihnen den ‚Candide' als Musical mit dem Hinweis, als Hilfe, sich zu erinnern. Deutlicher geht es kaum. Nun. Erinnern Sie Sich?"

Er grinst mich an.

„Offenbar leide ich unter Amnesie. Außerdem bin ich ja seit 1759 tot."

Ich muss ebenfalls grinsen.

„Also wir müssen uns an den ‚Candide' heranmachen. Ich muss zugeben, ich habe ihn nie gelesen. Das Libretto des Musicals habe ich ebenfalls kaum verstanden. Es geht um das Schlechte in der Welt und um den idealen Staat, Eldorado."

„Die Sequenz über Eldorado würde ich nicht so hoch bewerten. Der ‚Candide' ist kein Buch über Staatsphilosophie."

„Worum geht es dann?"

„Inzwischen habe ich den Roman gelesen. Die Handlung lässt sich eigentlich schnell zusammenfassen: Auf unserem westfälischen Schloss Thunder-ten-Tronck alias Bückeburg wachsen Candide, seine heimliche Liebe Kunigunde, sowie deren Bruder Max und das Hausmädchen Pacquette in der optimistischen Lebensphilosophie ihres Lehrers Pangloss auf, dessen Meinung nach unsere Welt die beste aller möglichen Welten sei. Hier wird deutlich, dass der Roman eine Satire auf die Philosophie Leibniz' ist. Ein Krieg zwischen Hessen und Westfalen zerstört die Idylle. Die fünf Hauptpersonen des Romans werden in alle Winde verstreut. Jeder von ihnen geht in die Welt mit der Erwartung, Gerechtigkeit und Wahrheit zu finden. Doch sie erleben eine Welt, die mit allen denkbaren Schrecken angefüllt ist: Kriege, Folter, Vergewaltigung, Prostitution, Mord, Raub, Katastrophen, religiöser und politischer Fanatismus. Die fünf Hauptpersonen entkommen nur mit knapper Mühe dem Tod und müssen im wahrsten Sinne des Wortes am eigenen Leib erfahren, dass die beste aller möglichen Welten allenfalls in der Philosophie, nicht aber in der Realität anzutreffen ist. Desillusioniert finden sich zu guter Letzt alle wieder in Westfalen und beginnen ein neues Leben unter dem Motto: Arbeit allein ist das Mittel, den Menschen das Leben erträglich zu machen."

„Na, ob das die große Alternative ist?"

„Herr Arcus, wenn ich daran denke, wie viel Zeit Sie in Ihre Herausgebertätigkeit stecken, müsste Ihnen der Schluss des ‚Candide' eigentlich zusagen. Arbeit ist nicht bloßes Schaffen. Es kann auch etwas mit uns bewirken, etwa wenn wir wissen, dass wir eine Sache bestmöglich getan haben und zu Recht mit Zufriedenheit, vielleicht sogar mit etwas Stolz zurückblicken können."

„Da haben Sie Recht."

„Übrigens, mögen Sie Gartenarbeit?"

„Nicht sonderlich."

„Ich, ehrlich gesagt, auch nicht. Und der ‚Candide' endet mit Gartenarbeit. Also gut. Der Schluss gefällt uns nicht, aber es ist nun mal eine Satire, und das Problem, um das es hier geht, ist ohnehin ein ganz anderes, noch dazu eins, das man wohl gar nicht lösen kann."

„So ist es. Im Grunde haben wir hier die alte Theodizee-Frage, die Frage nach dem Sinn allen Leidens und danach, ob ein gütiger Gott angesichts des immensen Leidens in der Welt noch angenommen werden kann."

„Wie lässt sich denn die Antwort Voltaires einordnen?"

„Dazu müsste man die bekannten Antworten auf die Frage nach dem Sinn des Leidens einmal durchgehen. Das ist gar nicht so leicht. Sehr alt ist die Deutung aus einem dualistischen Prinzip heraus. Es gibt das gute und das schlechte Prinzip. Beide wirken, und so gibt es ewig Auseinandersetzungen. Und so erklärt sich das Leiden in der Welt. Der Gedanke kommt aus dem persischen Bereich. Für christliche Vorstellungen taugt er nichts, weil das monotheistische Christentum von einem allmächtigen Gott ausgeht. Das Alte Testament kennt dann mehrere Antworten. Das Leiden von Menschen wird als Strafe und Vergeltung gedeutet. Auch der Hinduismus kennt den Gedanken. Stichwort: Karma-Lehre. Aber schon im Hiob-Buch wird gezeigt, dass Strafe und Vergeltung keine schlüssige Erklärung sein können, denn wie wäre dann das Leiden von Menschen zu erklären, die ganz offensichtlich unschuldig sind, also, z.B. kleine Kinder? Wenn es Lena schlecht gehen würde, wäre diese Erklärung für mich schlichtweg absurd."

„Da stimme ich zu. Mit diesen und ähnlichen Erklärungsversuchen wird allzu leicht das tatsächliche menschliche Leid mit einer schnellen Antwort vom Tisch theoretisiert. Aber so darf man damit nicht umgehen. Dafür ist die Sache zu ernst. Sie betrifft uns zu existentiell. Deshalb hatte ich auch mit der hinduistischen Sichtweise immer meine Probleme. Auch hier wird Leiden ja in gewisser Weise als Vergeltung gesehen. In diesem Leben muss das schlechte Karma der vorangegangenen Existenz abgearbeitet werden. Aber das halte ich, wenn man einmal mit todkranken kleinen Kindern konfrontiert war, nur für zynisch."

„So sehe ich das auch. Genauso gut könnte man dann ja sagen, die Lagerinsassen von Auschwitz hätten für ihre Taten in früheren Leben gebüßt. Ich glaube, das ist absurd."

„Allerdings."

Ich nehme einen Schluck Weizen.

„Eine Variante ist noch die Vorstellung von der Erbsünde. Was wir auch tun, wir laden Schuld auf uns. Das ist wohl auch so. In der Sündenfallgeschichte findet man den Gedanken, dass dem Menschen von Gott Erkenntnis, moralisches Bewusstsein und Handlungsfreiheit geschenkt wurden. Der Mensch missbraucht diese Gaben und ist deshalb selbst für das Leiden verantwortlich. Auch das ist keine schlüssige Erklärung, denn es gibt ja auch Leiden, das nicht von Menschen zu verantworten ist, z.B. Erdbeben."

„Interessant. Im ‚Candide' kommt das Beispiel vom Erdbeben in Lissabon 1756 vor."

„Damit wird Voltaire deutlich machen wollen, dass Leid eben nicht nur von Menschen gemacht ist. Aber schauen wir weiter. Da gibt es die Deutung, dass Leid pädagogische Funktion besitzt. Es zwingt uns zum Umdenken. Der Gedanke findet sich auch bei Hiob. In manchem konkreten Fall werden Menschen das vielleicht tatsächlich so empfinden. Aber man kann damit nicht alles erklären. Welchen pädagogische Wert hat ein Leiden, wenn der Mensch daran stirbt oder wenn er eben nichts daraus lernt?"

„Die Personen in Voltaires Roman haben zum Schluss tatsächlich dazugelernt. Allerdings haben wir ja gerade selbst bezweifelt, ob diese Quintessenz so erhebend war."

„So ist es. In der jüdischen und christlichen Tradition gibt es dann noch Sonderformen. Etwa das Leiden der Propheten oder der Märtyrer, das zur Umkehr anregen soll. Oder das stellvertretende Leiden Jesu Christi. Diese Vorstellungen lassen sich aber ebenfalls nicht verallgemeinern. Es bleibt immer die Frage, warum diese Welt so leidvoll beschaffen ist."

„Gibt es denn keine Antwort, die standhalten könnte?"

„Völlig schlüssige Antworten gibt es wohl nicht. Es gibt allenfalls Antworten, die halbwegs plausibel sind, die aber letztlich nur geglaubt werden können. Das Christentum kennt die Vorstellung einer Schöpfung, die noch nicht abgeschlossen ist, die sich - wenn man so will - noch in Evolution befindet. In dieser noch unfertigen Schöpfung existiert auch das Leiden noch. Erst in der Vollendung der Schöpfung, dem Reich Gottes, wird es nicht mehr sein. So kann man zumindest den Schluss der Offenbarung des Johannes deuten."

Ich nehme einen Schluck Weizen.

„Es gibt auch die Vorstellung, dass Leiden nur eine Art Einbildung ist. Buddha etwa hält das Leiden ja für etwas, das dadurch entsteht, dass wir zu sehr am Leben festhalten. Leiden ist eine Scheinvorstellung, das Ergebnis eines falschen Bewusstseins. In dem Moment, wo wie aufhören an der Welt festzuhalten, verschwindet die Illusion."

„Also, Herr Arcus, mit dieser letzten Vorstellung kann ich wenig anfangen. Natürlich sind wir immer Kinder unserer Sprache und unseres Denkens, und vielleicht finden wir ja keine Antwort auf die Frage nach dem Sinn des Leidens, weil schon die Frage falsch gestellt ist, eben mit all unserer menschlichen Beschränktheit. Aber angesichts dessen, was wir in der Welt erleben, können wir wohl nur so fragen, wie wir es tun."

„Richtig. Und für viele Menschen des 19. und 20. Jahrhunderts hat das Erleben der unglaublichen Kriegsgräuel dazu geführt, dass Gott unglaubwürdig geworden ist. Da wird das Leid zum Fels des Atheismus. Hier wird noch einmal die ursprüngliche Theodizee-Frage gestellt: Kann man sich angesichts dieser Gräuel noch einen gerechten, guten Gott vorstellen? Gerade im 20. Jahrhundert wurde diese Frage von vielen Menschen angesichts dessen, was sie erleben und durchmachen mussten, verneint."

„Vielleicht trifft diese Variante am ehesten auf den ‚Candide' zu. Am Ende des Romans geben Candide und seine Freunde jeglichen Optimismus auf. Der Glaube an Gott wird nicht mehr thematisiert, statt dessen ist das Leben nun eine rein weltliche Angelegenheit, die unter Menschen ausgemacht wird."

„Dann müssten wir den ‚Candide' der atheistischen oder doch zumindest agnostischen Sichtweise zuordnen. Entweder Gott ist angesichts der Gräuel dieser Welt nicht mehr glaubwürdig, oder Candide und seine Freunde enthalten sich einer Antwort. Sie gestehen sich ein, dass sie es eben nicht wissen. Ich glaube, diese beiden Varianten treffen Voltaires ‚Candide'."

Während des Nachdenkens haben wir unsere Gläser geleert. Ich bestelle eine neue Runde.

Dann öffne ich die Schachtel Gauloises Blondes mit dem französischen Steuerzeichen.

„Auch dieses Geschenk soll uns ja weiterhelfen. Bitte."

Linde nimmt eine Zigarette. Ich tue es ihm nach. Wir blicken auf den Rathausplatz, der mit untergehender Sonne noch an Reiz gewonnen hat. Nach einigen Augenblicken greift Linde den Gedanken wieder auf.

„Nicht genug, dass wir es im ‚Candide' mit einem endlosen Thema zu tun haben; jetzt bleibt auch noch die Frage, was das alles mit Ihnen zu tun hat, Herr Arcus. Irgendwie muss das Thema des ‚Candide' etwas mit Ihnen zu tun haben. Der E-Mail-Autor hat ja offenbar einige Kenntnisse Ihrer Person. Fällt Ihnen da etwas ein, irgendein Bezug aus der Vergangenheit. Jemand, den Sie kannten. Der vielleicht sehr gelitten hat oder dem Unrecht widerfahren ist, der Sie ungerecht behandelt hat oder den Sie ungerecht behandelt haben?"

Ich schüttle den Kopf.

„Darüber muss ich nachdenken. Im Moment fällt mir dazu nichts ein."

„Es muss ja auch nicht so sein. Vielleicht sollten Sie sich etwas Zeit lassen, um die Ergebnisse neu zu ordnen. Manchmal machen Mosaiksteinchen plötzlich einen Sinn, wenn man eine Zeit lang mit ihnen gespielt, sie ein wenig hin und her geworfen hat. Immerhin wissen wir jetzt, lieber Sir Ralph, wo wir Thunder-ten-Tronck zu suchen haben. - Exakt hier!"

Er deutet auf den steinernen Torbogen, hinter dem sich das Schloss verbirgt.

Der Klang der Welt

... Jakob (1076). Hanna bat Elieser (1082). Hanna bat Elkjakim (1083). Bella bat Isaak (1086). Peruza bat Eljakim (1088). Hanna bat Simcha (1090). Senior ben Eleasar (1091). Die zwölf Vorsteher (1096). Judith bat Isaak (11. Jh.). Aaron ben Asriel (1100). Mordekai ben Joseph (1100). Bonafila bat Davit (1109). Sagira bar Samuel (1172). Rabbi Meir von Rothenburg (1293). Alexander ben Salomo Wimpfen (1307). Rabbi Nathan ben Isaak (1333). Rabbi Jakob Molin (1427). Rabbi Meir ben Isaak (1511). Rabbi Elia Moanz (1636). Rabbi Simson Bacharach (1670). Rabbi Jair Chajim (1702). Sarlan Bacharach (1703). Rabbi Naphtali Hirsch Spitz (1712). Rabbi Menachem Mendel Rothschild (1732). Rabbi Moses Brod (1742). Rabbi Hirsch Auerbach (1778). Rabbi Isaak Adler (1823) ...

*

Lissy beginnt zu lesen ...

„Ich lebe nicht fern von der Stadt Worms, an die mich auch eine Tradition meiner Ahnen bindet; und ich fahre von Zeit zu Zeit hinüber. Wenn ich hinüberfahre, gehe ich immer zuerst zum Dom. Das ist eine sichtbar gewordene Harmonie der Glieder, eine Ganzheit, in der kein Teil aus der Vollkommenheit wankt. Ich umwandele schauend den Dom mit einer vollkommenen Freude. Dann gehe ich zum jüdischen Friedhof hinüber. Der besteht aus schiefen, zerspellten, formlosen, richtungslosen Steinen. Ich stelle mich darein, blicke von diesem Friedhofsgewirr zu der herrlichen Harmonie empor, und es ist, als sähe ich von Israel zur Kirche auf. Da unten hat man nicht ein Quäntchen Gestalt; man hat nur die Steine und die Asche unter den Steinen. Man hat die Asche, wenn sie sich auch noch so verflüchtigt hat. Man hat die Leiblichkeit der Menschen, die dazu geworden sind. Man hat sie. Ich habe sie als Leiblichkeit meiner eigenen Erinnerungen bis in die Tiefe der Geschichte, bis an den Sinai hin. Ich habe da gestanden, war verbunden mit der Asche und quer durch sie mit den Urvätern. Ich habe da gestanden und habe alles selber erfahren, mir ist all der Tod widerfahren: all die Asche, all die Zerspelltheit, all der lautlose Jammer ist mein; aber der Bund ist mir nicht aufgekündigt worden. Ich liege am Boden, hingestürzt wie dieser Stein. Aber aufgekündigt ist mir nicht.“

... Lissy legt den Text zur Seite.
Wir blicken von unserer Bank aus über all die schiefen, zerspellten, formlosen, richtungslosen Steine hinüber zum Dom. Die Mai-Sonne wirft die Schatten der Steine auf den Staub, das Gras, den „heiligen Sand“.
Ich blicke zu Lissy.
„Diesen Text hab ich vor einigen Jahren entdeckt. Er trifft vieles von dem, was ich empfinde, wenn ich hier bin.“
„Ein guter Text. Wer immer ihn geschrieben hat, hat seinen Frieden gefunden.“ Sie faltet das kleine Blatt zusammen.
„Wollen wir das nicht alle?“
Ich nicke.
„Ja, das ist beneidenswert. An diesem Ort wird mir immer wieder bewusst, wie weit ich noch von diesem Frieden entfernt bin.“
„Du tust zu viel. Lass einige Dinge los. Schaff dir Zeit. Warum musst du immer drei Dinge gleichzeitig machen?“

„Ich weiß nicht. Vielleicht bin ich noch nicht so weit, die Dinge loszulassen. Aber es ist ja nicht nur die Arbeit. Der Sand unter uns sagt uns in hundert Stimmen, dass wir einmal alles loslassen müssen."

Wir blicken still über die grüne Ebene der Steine. Und für eine Weile scheint die Zeit stillzustehen. Für einen Moment kommt mir das Gefühl, ich hätte schon früher hier gesessen. Für einen Moment habe ich - wie in einem Traum - das Gefühl, mich nicht bewegen zu können, verdammt dazu, immer hier zu sitzen. Dann holt mich Lissy in die Wirklichkeit zurück.

„Das Schöne dieses kleinen Textes ist, dass der Autor etwas gefunden hat, das ihm Kraft gibt, loslassen zu können. Und hast du bemerkt, wie er den christlichen Dom und den jüdischen Friedhof gleichermaßen schätzt? Ich glaube, die großen Religionen sagen uns im Kern das Gleiche, wohl mit unterschiedlichen Worten, aber - doch immer wieder aus den gleichen Urerfahrungen heraus."

„Machst du es dir da nicht etwas einfach?"

„Ich glaube nicht. Nimm etwa den Juden, der diesen Text verfasst hat. Der jüdische Friedhof ist für ihn der Ort, an dem ihm der Bund mit Gott bewusst wird. Aber ebenso begegnet er dem Dom mit Freude und kann in ihm sogar die göttliche Harmonie sehen. Letztlich entscheidet er sich für den Ort, an dem er mehr er selbst sein kann. Und das ist hier."

Ich nicke.

„Diese Ruhe tut gut. Es ist nicht nur eine Ruhe für die Ohren. Oft schon habe ich hier gespürt, dass es eine Ruhe für das innere Ohr gibt, eine Ruhe, die uns etwas sagen kann über die Vergangenheit und über das, was uns vielleicht erwartet. Und für Augenblicke wird das, was uns sonst umgibt, fast unwichtig, flüchtig."

„Ja. In solchen Augenblicken scheint die Zeit stillzustehen, scheinen wir diesen unendlichen Strom der Zeit empfinden zu können, zu dem wir gehören, den wir sonst nie wahrnehmen, weil wir unsere Dinge für so wichtig halten. Irgendwo sind sie es ja auch, aber wir müssen loslassen. Ich verstehe, warum du unbedingt hierher wolltest."

„In den drei Jahren, die ich hier in Worms gelebt habe, war dieser Ort eine Entdeckung. Bis heute lässt sie mich nicht los. - Aber wenn du willst, können wir jetzt fahren."

Langsam verlassen wir die Bank, gehen den Weg zum Ausgang, der uns noch einmal an zahlreichen Gräbern vorbeiführt. Wir kommen am Stein des Rabbi Meir von Rothenburg vorbei. Am oberen Absatz ist der Grabstein bedeckt mit kleinen Papierstückchen und Steinen. Lissy nimmt unseren kleinen Zettel aus der Hand, faltet ihn noch einmal, legt ihn ebenfalls auf den Grabstein und beschwert ihn mit einem kleinen Stein, so wie es die Menschen seit Jahrtausenden tun.

*

Einige Minuten später fahren wir auf der B9 von Worms in Richtung Mainz. Zwei Tage war ich nun zu Gast bei Lissy. Tagsüber sind wir zusammen mit Ria, Lissys Dogge, durch die Weinberge gewandert, dann haben wir im Hof ihres Hauses bis spät in die Nacht gesprochen, über alles, was uns bewegt. An diesem Abend wartet der Zug, der mich zurück nach Minden bringen wird. Vorher wollen wir essen gehen, und Lissy hat versprochen, mir noch etwas zu zeigen, das sie vor kurzem entdeckt hat. Wir fahren vorbei an den kleinen Winzerdörfern, den Rhein zur Rechten, die Weinberge zur Linken, bis wir Oppenheim erreichen. Lissy parkt den Wagen in der Nähe des Marktplatzes.

„Und was hast du nun Interessantes für mich?" frage ich sie, als wir den Hang zur Katharinenkirche hinaufgehen.

„Lass dich überrraschen. Wir sind gleich da. Die Katharinenkirche kennst du ja."

Ich nicke. Wir waren früher schon hier. Sie ist faszinierend, diese Kirche. Sie wirkt seltsam unproportional, weil das Westschiff deutlich höher und geräumiger gebaut wurde als das übrige Gebäude. Man meint, das Westschiff sei zu groß geraten, oder der Rest der Kirche zu klein.

Hier findet man alle Baustile. Viele Generationen haben gebaut, wiederaufgebaut, restauriert, erneuert, ausgebaut. Und all diese Generationen kann man in dem Gebäude wiederfinden. Jenseits aller Zeit fühle ich mich auch jetzt, während wir durch des große Tor das Mittelschiff betreten. Dort verweilen wir nur kurz. Lissy geht weiter zum Westchor, und ich folge ihr. Wir betreten diesen riesigen Raum, der von außen so unproportional wirkt, der mich aber schon beim ersten Besuch angesprochen hat, denn er besitzt eine Akustik, wie ich sie selten gehört habe. Und er ist lichtdurchflutet. Große, schlanke, bunte Fenster reichen von einem Sims in Höhe von etwa zwei Metern bis an die Decke hinauf und laufen dort spitz zu. Lissy macht mich auf eines der Fenster aufmerksam und deutet auf den unteren Bereich. In vielfältiger Farbe sieht man Menschen in einem Boot. Sie sind umgeben von großen Wellen und versuchen sich zu behaupten. Ich überlege, welche biblische Szene hier wiedergegeben wird. Dann fällt mein Blick auf einige kleinere Motive im Glas, die rund um das Boot und die tobende See gruppiert sind. Ich sehe Symbole: das Kreuz, den siebenarmigen Leuchter, einen Kreis, in dem zwei Fische sich ineinander winden - das Ying und das Yang - , einen Meditierenden - ist es Buddha, ist es ein christlicher Mönch? -, eine Gestalt mit vier Armen und vier Beinen - Shiva? - in ähnlicher Sitzhaltung wie der Mönch zuvor. Dann reißt draußen die Wolkendecke auf und Licht durchströmt das bunte Glas, lässt das Boot, die Menschen darin, die tobende See, die Symbole für kurze Zeit erstrahlen, bis sich eine neue Wolke vorschiebt und das Bild vor meinen Augen zurückfällt.

*

„Warum hast du mir das gezeigt?"

Wir sitzen auf der Terrasse des italienischen Restaurants, unmittelbar am Marktplatz von Oppenheim.

„Kannst du dir das nicht denken?" fragt Lissy.

„Du meinst die unterschiedlichen Religionen?"

„Richtig. Sie alle sind in dem Bild vereint. Sie alle gehören zu dem immer gleichen Boot, zu den immer gleichen Menschen, die sich im Sturm behaupten müssen. Alle diese Religionen sind Weisheit und entstanden aus tiefer Einsicht, und sie sind dabei, wenn das Boot des Lebens gefahren wird. Es gibt nur dieses eine Boot. Es ist für uns alle immer wieder ganz ähnlich. Und alle Religionen wissen etwas davon."

„Und was hältst du dann von Voltaire und seinem ,Candide', der keine Antwort findet, schlimmer noch, der keine Gerechtigkeit sieht und der deshalb am Göttlichen zweifelt oder sich doch zumindest in aller Bescheidenheit der Frage entzieht?"

Ich hatte Lissy von Voltaire und meinem E-Mail-Rätsel erzählt. Sie fand die Sache amüsant, hatte sich aber kaum dazu geäußert.

„Dieser ,Candide' ist doch eine Kunstfigur. Und auch die Situation, die Voltaire da erfindet, ist doch konstruiert."

„Aber Menschen, deren Leben allzu oft Leiden ist, die gibt es doch wirklich."

„Das stimmt, aber Philosophen denken oft so abstrakt. Jeder Mensch durchlebt ein ganz einzigartiges Schicksal, das sich letztlich den großen Vergleichen entzieht. Was wirst du sagen, wenn du 73 Jahre alt geworden bist und die Statistik sagt, dass dies die durchschnittliche Lebenserwartung ist. Das sagt doch über dich gar nichts aus. Und so auch die Deutungen des Leidens. Was sind sie mehr als der mitunter originelle Versuch, Buch zu führen. Nein, ,Candide' entzieht sich nicht der Frage, er läuft vielleicht dem Problem davon."

„Vielleicht hast du Recht. Voltaire selbst sieht die Sache ja noch ein klein wenig anders. Er hält zwar alle

Aussagen über Gott für Spekulation, aber dass es eine Gottheit gibt, daran hält er fest."

„Klingt schon besser. Aber auch dieser Voltaire hat sich offenbar keine Mühe gegeben, das Mystische auf sich wirken zu lassen. Da verbirgt er sich lieber hinter der Satire und bleibt Zyniker."

„Da gehst du etwas hart mit ihm um. Was machst du denn, wenn du dein Leben lang suchst, aber du findest nichts?"

Lissy überlegt einen Moment.

„Weitersuchen."

„Weitersuchen?"

„Ja. Weitersuchen. Was willst du sonst tun. Dich als Zyniker in die Schmollecke setzen? Nein, solange wir es können, müssen wir offen bleiben, mit allen Sinnen."

„Und darf man darüber hinaus auch weiterhin denken?"

Sie lacht und sieht mir direkt in die Augen.

„Denken, natürlich. Sonst hätten wir ja gar nichts mehr, worüber wir sprechen und streiten könnten. Wie langweilig wäre das!"

Der Kellner kommt mit der Pizza. Wir nehmen unsere Weingläser und stoßen an.

„Ach. Bevor ich es vergesse."

Lissy stellt das Glas wieder ab.

„Ich habe mir noch einmal den kleinen Brief angesehen, der in dem bewussten Päckchen aus Frankreich gelegen hat."

„Und?"

„Hast du mal auf die Handschrift geachtet?"

„Der schreibt sehr ordentlich, gut lesbar."

„Von wegen ‚der'. Ich könnte wetten, das ist eine Frau."

„Eine Frau?" Auch ich stelle das Weinglas auf den Tisch. „Unmöglich."

„Wieso unmöglich. Schau dir die Schrift an. Das ist die Schrift einer Frau."

„Das ist nicht die Schrift einer Frau. Das macht keinen Sinn. Das kann ich noch viel weniger einordnen als alles andere, was ich ohnehin schon nicht zusammenbekomme."

„Denk nach. Welche Frau deiner lebhaften Vergangenheit könnte das sein?"

„Ich weiß nicht", sage ich lachend. „Da fällt mir nichts ein."

„Wir werden sehen. Aber ich bin sicher: Es ist eine Frau."

*

Ich sitze im Intercity vom Mainz nach Hannover. Draußen ist es dunkel geworden. Bis jetzt war es noch möglich, den Rhein zu sehen, die steil anlaufenden Hänge, die kleinen Orte entlang des Flusses. Nun fehlt diese angenehme Ablenkung. Der Zug fährt auf der Höhe von Remagen. Die Fahrt wird noch lange dauern. Ich schließe die Augen. Im Kopfhörer Musik aus dem 12. Jahrhundert. Viderunt omnes. Von Magister Perotinus. Eine Stimme bildet den Grundton. Drei weitere Stimmen schwirren auf dieser Basis ein ums andere Mal in Dreierrhythmen auf und ab, lösen die Gedanken auf wie das flimmernde Licht, das vom Wasser hin und her geworfen wird. Unvermittelt muss ich an Oppenheim denken, die Katharinenkirche, den Westchor. Ich stelle mir noch einmal vor, wie es da ist. *Vom Mittelschiff kommend durchschreite ich die geöffnete Pforte und stehe plötzlich wieder in diesem lichtdurchfluteten, hohen Raum. Ich gehe einige Schritte hinein, lasse den Raum auf mich wirken und klatsche vorsichtig in die Hände. Der Klang erfüllt den Raum, wird unendlich gespiegelt, hin und her geworfen, bis er nach vielen Sekunden allmählich an Stärke verliert und sich nach einigen weiteren Sekunden allmählich in Nichts verwandelt. Ganz vorsichtig singe ich Töne in den Raum. Langsam wechsele ich die Vokale A, O und U, höre, wie sie vom Raum aufgenommen und getragen werden. Nach einer Weile bemerke ich, dass durch die kleine*

Pforte rechts ein Mann erscheint und mich beobachtet.
Es ist mir unangenehm, beobachtet zu werden, und so
schweige ich. Langsam kommt er näher. Er ist wie ein
Mönch gekleidet, was mich verwundert, denn es gibt
hier keine Mönche.

„Machen Sie nur weiter", sagt er zur mir. Er steht nun
neben mir und schaut, wie ich noch vor einigen Sekunden, zum Gewölbe des Raumes.

„Es ist ein beeindruckender Raum. Es braucht nur zwei
oder drei Männer, und ihr Gesang klingt wie der hun-
derter Menschen. Es wäre, als würde der Raum den
Klang tragen, als würde er ihn weiterkomponieren,
aber nicht in den Tonsprüngen, die wir Menschen zu
komponieren beherrschen, sondern in hundert und
aberhundert Bruchteilen eines Halbtones, als erwüchse
in diesem Raum die ganze Vielfalt der göttlichen
Schöpfung."

Ich schaue ihn an und bemerke an der Lebendigkeit
seiner Augen, dass er voll Begeisterung spricht.

„Sind Sie Musiker?" frage ich ihn.

Er wendet sich zu mir, betrachtet mich.

„Musiker? Wenn Sie so wollen, ja. Mein Name ist Magister Perotinus. Ja, Sie haben Recht. Ich habe mich
auch mit Musik beschäftigt."

„Perotinus? Es gab einen Magister Perotinus, den man
Perotinus Magnus nannte, der ..."

„Ja, ja. Da haben Sie Recht."

„... er war der Erfinder der Mehrstimmigkeit."

„Was heißt Erfinder. Es ist kaum möglich, etwas zu er-
finden. Alles war schon einmal da."

„Dann wären Sie ..."

„... seit 900 Jahren tot, wollen Sie sagen? Ja, wenn ich
dieser Magister Perotinus wäre, der - wie Sie sagen -
die Mehrstimmigkeit erfunden und im Organon-Stil
komponiert hat, dann wäre ich tot." Er lacht. „Ist Ihnen übrigens aufgefallen, dass nordwestlich neben der
Kirche noch das alte Beinhaus steht?"

„Ja, ich kenne es."

„Vielleicht sind ja einige Neunhundertjährige dabei. Aber im Ernst: Die Mehrstimmigkeit ist die einzig angemessene Art, Musik zu machen."

„Und warum macht man das dann heute nicht mehr?"

„Da haben Sie nicht so ganz Recht. Man tut es wieder. Weil die Komponisten wiederentdecken, dass darin das Göttliche zu finden ist."

„Nur dort?"

„Das will ich nicht sagen, aber stellen Sie sich vor, ich komponiere eine Fülle völlig unabhängiger und gleichberechtigter Stimmen, und denken Sie sich dann, wie diese Stimmen in diesem Raum, in dem wir uns jetzt befinden, in abertausend Stimmen und Oberstimmen zerlegt und immer weitergetragen werden: Ist das nicht wie die Vielfalt der göttlichen Schöpfung?"

„Und wenn es gar kein göttliches Wesen gibt, nur das Beinhaus und den Staub und die Asche?"

Er schaut mich an.

„Wir wissen nichts, aber wir können versuchen, uns zu öffnen. Wir können hören. Wir können all die Klänge hören, die diese Wände uns zurückwerfen, und wenn wir das gelernt haben, gelingt es uns vielleicht sogar, durch sie hindurchzuhören."

Schweigend stehen wir beisammen und hören darauf, wie seine Worte zwischen den Wänden hin- und hergeworfen werden und nach einer Zeit, die unendlich erscheint, im Nichts verschwinden. Als ich mich zu ihm wende, sehe ich, dass er fast lautlos zum Tor des Mittelschiffs gegangen ist und darin verschwindet.

Ich schlage die Augen auf, nehme das gleichmäßige Rauschen des Zuges wahr und schaue auf die Uhr. Es dauert noch lange, bis ich ankommen werde.

*

Am nächsten Tag bin ich mit Lena auf dem Mindener Wochenmarkt, Gemüse und Obst einkaufen. Dann steigen wir die lange Treppe hinab zur Unterstadt, durchqueren die Bögen der Rathauslaube, laufen weiter, bis der tausendjährige Dom vor uns erscheint. Seine Sandsteinfassade strahlt in der Mittagssonne. Lena zieht mich an der Hand. Sie hat vor einiger Zeit etwas entdeckt, das sie sehr fasziniert. Wir durchqueren die Vorhalle des Doms, steigen einige Stufen hinauf, öffnen die große Eingangspforte und stehen in diesem mächtigen, eindrucksvollen Raum der Stille. Lena zieht mich nach links zu einem kleinen Eingang. Wir betreten den dunklen Raum, in dem in mehreren Reihen hintereinander kleine Kerzen leuchten. Lena weiß, dass auch sie eine Kerze anzünden darf. Aufmerksam beobachtet sie, wie ich 30 Cent in den Opferstock fallen lasse. Sie nimmt eine neue Kerze. Gemeinsam entzünden wir den Docht. Lena stellt ihre Kerze stolz in die vorderste Reihe und betrachtet sie aufmerksam.

„Du darfst dir etwas wünschen", flüstere ich ihr ins Ohr.

Sie lächelt mich an.

„Ich wünsche mir ...," sie überlegt einen Moment. „Ich wünsche mir ... Licht."

Die Lebenskunst der Stacheltiere

Das Mosaik neu legen. Leicht gesagt! Wenn alle Steinchen vorlägen, wäre es wohl gar nicht so schwer. Aber Arouet behält Steinchen zurück. Und - so absurd es klingen mag - auch das ist wieder ein Steinchen. Warum dieses zaghafte Zurückhalten und wohldurchdachte Offenlegen?

Die Maisonne scheint kraftvoll in das raumhohe Südfenster des Studios. Auf dem Schreibtisch vor mir liegen beschriebene Blätter, Skizzen, ganze „Landkarten" mit Begriffen, die durch Pfeile und Linien miteinander verbunden, farblich unterlegt, schwarz umkreist, umrahmt, unterstrichen sind. Seit zwei Stunden versuche ich, aus den bekannten Fakten, Bezügen, Spekulationen ein Bild zu legen. Aber es gelingt mir nicht. Vor einer Stunde hatte ich noch das Gefühl, etwas übersehen zu haben, aber nun bin ich mir fast sicher, dass all die in Begriffe und Zeichen übertragenen Gedanken allein nicht ausreichen. All das macht einfach keinen Sinn. Ich muss mehr wissen. Ich muss Arouet dazu bringen, mehr von sich preiszugeben. Und wenn „mein" Arouet sich ganz bewusst in die Rolle des „historischen" Arouet begibt, dann muss das etwas bedeuten. Gibt es ähnliche Charakterzüge? Haben beide eine ähnliche Weltanschauung? Wer - verflixt - ist Arouet?

Vielleicht ergeben sich ja doch Hinweise aus Arouets Biographie. Ich beginne erneut zu blättern, in jenem Buch, das ich vor Wochen schon einmal in Händen hatte. Ich finde mein Lesezeichen und erinnere mich:

Arouet, der unangepasste Intellektuelle, der die gebildeten Kreise in Paris originell unterhält, der mit seinen Bühnenstücken Erfolge feiert, der aber auch aneckt und nach England ins Exil gehen muss. Soweit hatte ich seine Geschichte verfolgt. Das ist jemand, der Esprit besitzt, aber offenbar nicht die Kunstfertigkeit oder den Willen, sich den Erwartungen der Gesellschaft bedingungslos anzupassen. Immerhin versteht es Arouet bzw. Voltaire, wie er sich nun nennt, auch aus Misserfolgen etwas Gutes zu machen. Als er irgendwann zwischen Oktober 1728 und Februar 1729 nach Paris zurückkehrt, hat er es zu einem gewissen Vermögen gebracht. Allein seine „Henriade", ein dem englischen König gewidmetes Epos über Heinrich IV., bringt ihm in England ein Autorengehalt von 150000 Livres, heute vergleichbar einer halben Million Euro. Nicht lange nach seiner Rückkehr aus England gelingt ihm ein überaus verwegener Coup. Bei einem Diner in Paris erläutert der Mathematiker Charles Marie de La Condamine die neuesten Vorhaben des Generalkontrolleurs der Staatslotterie Lepelletier. Voltaire hört sehr genau zu und errechnet, dass ein sicherer Gewinn von einer Million Livres für den zu erwarten ist, der sämtliche Lose der Lotterie kauft, dass der Gesamtpreis aller Lose erheblich unter dieser Summe liegt. Da er allein nicht alle Lose aufkaufen kann, gewinnt Voltaire einige kapitalkräftige Teilnehmer für seinen Coup. Als Voltaire tatsächlich alle Lose auf einmal vorlegt, ist Generalkontrolleur Lepelletier entsetzt und weigert sich, den Gewinn auszubezahlen. Doch die Behörden zwingen ihn dazu, das Geld herauszurücken, denn das Ansehen der staatlich konzessionierten Lotterie steht auf dem Spiel. Voltaire gewinnt: den Löwenanteil der Aktion, eine halbe Million Livres. Lepelletier verliert: sein Gesicht. Und Voltaire verlässt fluchtartig die Stadt, weil er die Rache Lepelletiers und des Finanzministers fürchtet. Doch Lepelletier wird abgesetzt, und der frischgebackene Lotteriemillionär kehrt nach Paris zurück. Endlich besitzt er das, was ihm ein freies Leben als Schriftsteller ermöglicht: genug Geld. Geld als Mittel zum Zweck, nicht als Selbstzweck oder Befriedigung der Eitelkeit. Bis 1734 wird Voltaire in Paris bleiben. Trotz Geldgeschäft und gesellschaftlicher Verpflichtungen ist er literarisch aktiv wie nie zuvor. Er beginnt eine „Geschichte des Jahrhunderts Ludwigs XIV." und kann vor allem große Theatererfolge verbuchen. Mit dem Erscheinen seiner „Briefe an die Engländer" gerät er erneut ins Visier von staatlicher Zensur und Strafverfolgung. Der „staatsgefährdende" Autor verlässt die Hauptstadt, bevor ihm das Pflaster zu heiß werden kann.

Noch ein anderer Grund bringt Voltaire dazu, Paris zu verlassen: die Marquise du Châtelet. Sie wird seine große Liebe. Und das Verhältnis zwischen Voltaire und Emilie du Châtelet gewinnt ähnliche Dimensionen wie später die zwischen Goethe und Charlotte von Stein. Auch die Umstände sind ähnlich. Emilie hatte mit 18 Jahren den lothringischen Marquis Florent Claude du Châtelet-Lomont geheiratet. Wie die meisten Verbindungen damaliger Zeit war auch dies eine Konventionsehe. Während sich der Marquis vor allem der Kriegskunst und der Jagd widmet, gilt das Interesse der Marquise - nachdem durch Geburt eines Sohns und einer Tochter die konventionellen Pflichten erfüllt waren - der Kunst und der Literatur. 1733 zieht Voltaire nach Cirey auf das Schloss des Marquis du Châtelet und wird dort von selbigem als Liebhaber von Madame du Châtelet geduldet. Könnte man sich heute so etwas vorstellen? Mehr noch: Fünfzehn Jahre lebt Voltaire mit kurzen Unterbrechungen auf Schloss Cirey und erhält dort durch den Marquis mehrfach Asyl vor Verfolgung durch die Justiz.

Offenbar scheint das Feuer der Leidenschaft zwischen Voltaire und Madame de Châtelet schon recht früh verglüht gewesen zu sein. Aber hier finden sich ein Schriftsteller und seine Muse. Voltaire liest aus seinen

neuen Werken, findet in Emilie du Châtelet eine Ge-
sprächspartnerin und Kritikerin mit Bildung und Ni-
veau. Zudem versteht sie es, ihre Verbindungen zum
Vorteil des Freundes einzusetzen. Zwar bedauert Voltaire die Abgeschiedenheit des selbstgewählten Exils.
Aber in Cirey hat er die Möglichkeit, in Frieden zu leben und zu schreiben, ohne auf die hektischen Eitelkei-
ten der Pariser Gesellschaft oder auf die Launen der
Gesetzeshüter Acht geben zu müssen.

1736 beginnt eine andere Verbindung, die ebenfalls
Jahre überdauern soll. Seit dieser Zeit steht Voltaire im
Briefwechsel mit dem preußischen Kronprinzen, der
1740 als Friedrich II. den Thron besteigt. Der junge
Monarch bewundert den Philosophen und Literaten
Voltaire. Mehrfach lädt er ihn nach Berlin ein. Doch
erst 1750 soll Voltaire dem Ruf Friedrichs folgen. Vor-
erst feiert Voltaire Erfolge. Seine Dramen werden in
Paris gefeiert. Ebenso seine Zusammenarbeit mit dem
Komponisten Jean-Philippe Rameau zu einem Bühnen-
stück mit dem Titel „Die Prinzessin von Navarra".
1746 wählt die Pariser Akademie Voltaire zu ihrem
Mitglied. Ebenfalls in diesem Jahr wird Voltaire zum
„Gentilhomme ordinaire de la Chambre du Roi" er-
nannt, was ihn formell dem Geburtsadel gleichstellt.

Doch gleichzeitig wird das Verhältnis zu Emille du
Châtelet immer angespannter. Sie beginnt eine stürmi-
sche Affaire mit dem zehn Jahre jüngeren Jean
François de Saint-Lambert. Voltaire wird zum stören-
den Dritten. Die Lage dramatisiert sich, als Emille du
Châtelet schwanger wird. Sie bringt eine Tochter zur
Welt, stirbt jedoch eine Woche später, vermutlich am
Kindbettfieber. Voltaire ist erschüttert. „Ich habe die
Hälfte von meinem Selbst verloren", schreibt er an ei-
nen Freund. Eine Wagenkolonne, beladen mit Möbeln,
Statuen, Bildern und natürlich Unmengen von Büchern,
verlässt Cirey in Richtung Paris. Voltaire ist allein.

*

Ich bin es auch. Allein mit einer Hand voll Mosaiksteinchen. Was ist mit „meinem" Voltaire? Ist das auch jemand, der in der Gesellschaft aneckt? Jemand, der die Freiheit liebt und zum Glücksritter wird? Der das tragische Ende einer großen Liebe erleben musste? Sind das wieder einige Steine im großen Mosaik? - „Arouet" muss mehr von sich preisgeben.

Wenige Minuten später flackert auf dem Computerbildschirm die E-Mail-Eingabe des Browsers. Ich beginne zu tippen:

LenaArcus@dmx.de to
François-Marie-Arouet@freenet.com

Sehr geehrter Herr Arouet,

lebten Sie noch in Cirey, wäre es ein Leichtes, mich persönlich für Ihr Päckchen zu bedanken. So bleibt mir nur der unpersönliche, elektronische Weg. Sie äußern den Wunsch, ich solle den „Candide" neu schreiben. Dies Werk ist jedoch sehr gelungen. Kann man so etwas besser machen, selbst wenn es - das ist allerdings wahr - meiner Heimat nicht schmeichelt? Was schlagen Sie vor? Es grüßt Sie

Thomas Arcus
(oder „Sir Ralph", wenn Sie so wollen)

Ein Druck auf die Enter-Taste und meine E-Mail wird vom Kosmos der Daten aufgesogen. Irgendwo läuft sie jetzt durch ein Labyrinth von Datenströmen und findet ihren Weg.

Schön, wenn mir das auch gelänge. Das Bild der Mosaiksteinchen ist vielleicht gar nicht passend. Das alles ist ein Labyrinth. Ein Labyrinth, in dem die Gänge mal vom Zentrum weg, mal nahe an ihm vorbei führen - und der Suchende ahnt nichts.

Wer ist dieser Arouet? Ich habe das Gefühl, weit weg zu sein vom Zentrum des Labyrinthes. Jeder könnte es sein. Könnte es nicht sogar Reiner sein, der sich von seinem Archivcomputer aus einen Spaß mit mir macht? Oder Linde, der mich auf diese Art und Weise dazu bringen will, endlich wieder zu schreiben. Oder Vanessa, die sich einen Scherz erlaubt. - Nein, das passt alles nicht. Ich mache weiter, gehe alle erdenklichen Wege durch: Arbeitskollegen? Verwandte? Freunde? Feinde? Nein, so geht das nicht!

Es geht nur über die Indizien. Obwohl ich wenig über den historischen Voltaire weiß und „mein" Voltaire bislang auch nur einige Spuren ausgelegt hat, habe ich das Gefühl, auf diesem Weg schon ganz nahe herangekommen zu sein. Also probieren wir es mit Rasterfahndung: Wer immer da schreibt, kennt mich. Was er von mir will, ist nicht klar. Wenn er seinem Pseudonym entspricht, ist es ein kritischer, unangepasster kluger Kopf, der sich zurückzieht und sich nicht zu oft in die Welt begibt. Der aber auch mit der Welt spielt. Ein Glücksritter? Jemand, der von der Liebe enttäuscht wurde? Jemand aus Frankreich? - Lässt man die beiden letzten Punkte weg, gäbe es jemand, der darauf passt: Peter. Aber das ist lange her ...

*

Der Blick auf den Tacho zeigt 80. Fünfzig sind erlaubt auf der Gadderbaumer Straße. Verflixt. Im vierten Gang höre ich bei diesen niedrigen Drehzahlen den Motor nicht. Die Ampel springt auf rot. Ich muss also ohnehin abbremsen. Warten auf grün, dann links ab in die Westerfelder, vorbei am Großmarkt, am Gartencenter. Dann ist Tempo 70 erlaubt und ich lasse die Suzuki nur so zum Spaß im zweiten Gang beschleunigen. Jetzt hört man den Motor. Am Weindepot habe ich den vierten geschaltet, muss dann wieder runter mit der Geschwindigkeit und in die Rechtskurve, dann links in die Babenhauser Straße und zwei weitere S-Kurven bis zum Studentenwohnheim. Auf dem Parkplatz vor dem letzten Gebäude sehe ich Peter an seiner Maschine. Unmittelbar neben ihm lasse ich meine Maschine auslaufen. Ich bemerke, dass er an der Verkleidung seiner Goldwing schraubt. Er lächelt mir zu, als ich die Suzuki auf den Hauptständer stelle. Sekunden später bin ich froh, endlich den schwarzen Helm abnehmen zu können. Die Spätnachmittagssonne heizt noch immer ein. Das Außenthermometer im Cockpit der Goldwing zeigt 27 Grad.

„Kommst du von der Uni?" begrüßt mich Peter.

„Ja. Reisinger. Das Phaidon-Seminar. Wo hast du gesteckt?"

„Dumme Frage. Siehst du doch. Und am Wochenende war ich wieder in Mannheim, arbeiten."

Peter schraubt weiter an der Verkleidung.

„Ich will die Maschine zum Wochenende fit haben. Außerdem hatte ich keine Lust auf Phaidon. Und auf das Seminar schon gar nicht. Lass mich raten: Die Hälfte der Leute hatte den Text wieder nicht gelesen. Und die andere Hälfte hatte keine Lust sich zu beteiligen. Und der arme Reisinger musste wieder alles alleine machen und Vorlesung halten. War es so?"

Ich setze mich zu Peter auf den Boden und lege den Helm neben mich.

„Normalerweise hättest du Recht. Aber heute lief es ganz anders."

„Sag' bloß, die Leute haben sich beteiligt?"

„Na ja, in gewisser Hinsicht schon."

„Erzähl!" Paul legt den Schraubenschlüssel zur Seite und setzt sich ebenfalls.

„Irgendwie kam Reisinger über die Ethik Platons auf die politischen Verhältnisse in Athen. Und berichtete, dass die Frauen damals nichts zu sagen gehabt hätten. Da brach dann der Sturm los."

„Wie?"

„Du weißt, da ist eine Gruppe Feministinnen im Seminar. Die haben sich fürchterlich aufgeregt und den Fall Athen zur Grundlage einer generellen Debatte über die Jahrtausende alte Unterdrückung der Frau gemacht. Reisinger hat mehrmals versucht, die Diskussion wieder zurück auf den Phaidon-Text zu bringen. Aber das machte die Sache nur noch schlimmer. Die Frauen haben ihn als reaktionär beschimpft. Die Diskussion wurde immer lauter und immer unsachlicher. Vom ‚Phaidon' war natürlich längst nicht mehr die Rede. Schließlich kam der Vorwurf, Reisinger sei ohnehin frauenfeindlich und sein Seminar würde ab jetzt boykotiert. Das fanden einige Seminarteilnehmer nun völlig blödsinnig und fluchten auf die Feministinnen. Reisinger hatte inzwischen einen knallroten Kopf bekommen und wusste nicht mehr, wie er dieses Seminar noch halbwegs retten könnte. Er meinte, er fände das ja auch nicht alles gut, was damals in Athen gelaufen sei, aber man könne nun mal nichts daran ändern, dass es damals so gewesen sei, und das müsse man doch zunächst mal wertfrei zur Kenntnis nehmen. Nach dieser Äußerung brach der Sturm endgültig los. Weibliche und männliche Seminarteilnehmer beschimpften sich gegenseitig. Reisinger stand vorn am Pult und war mit seiner Weisheit am Ende. Und im Moment überlegt er wahrscheinlich, wie das alles in der nächsten Woche weitergehen soll.“

„Stark!“ Paul greift nach hinten, nimmt die Packung „Drum“ und beginnt zu drehen. „Schade. Das hätte ich auch gern gesehen, wie der alte Reisinger endlich mal ins Schwitzen kommt.“

„Glaub' mir. Das war zum Schluss nicht mehr schön.“

„Tja, es wird ja auch immer verrückter. Aber wart es ab. In zwanzig Jahren sitzen die 68er auf den dicken Posten und wollen das alles nicht mehr wahrhaben.“

Peter reicht mir den Tabak.

„Am Wochenende geht es los nach Pineda.“

Ich blicke ihn erstaunt an.

„Wo ist das?"

„Nördlich von Barcelona."

„Das sind ja ... so an die zweitausend Kilometer."

„Nicht ganz. Komm. Wir gehen nach oben. Ich zeig dir das auf der Karte."

Minuten später sind wir in Peters Appartement im 1. Stock über eine Karte gebeugt, die den ganzen Esstisch einnimmt.

„In der Nähe von Pineda ist auch Lloret. Das ist dieser Ort, wo alle Busunternehmer hinfahren. Aber Pineda ist anders. Das ist noch ursprünglicher?"

„Warst du schon mal da?"

„Im letzten Sommer. Mit einer Motorradgang aus Mannheim. Das war genial. Du glaubst gar nicht, was das für ein Gefühl ist, wenn du siebzehn Stunden gefahren bist, erst am Tag, dann nachts. Und wenn du über die Pyrenäen fährst, nach Spanien kommst und die Berge allmählich weniger werden. Und dann hast du es geschafft, lässt die Maschine langsam über die Hauptstraße von Pineda laufen. Und du hältst vor einem Café, steigst ab und bestellst einen Mokka und ein großes Glas Wasser und steigst aus dem Lederkombi, weil du es schon morgens vor Hitze nicht mehr aushältst. Ich kann dir sagen, das Gefühl ist nicht zu beschreiben."

Wir falten die Karte wieder zusammen. Peter kann mich mit seiner Begeisterung nicht so ganz anstecken.

„Tja, bei mir wird das nichts in diesem Sommer. Ich muss erst mal arbeiten, damit ich die Maschine halten kann."

Peter ist zum Kühlschrank gegangen und wenig später stehen Tomaten, Paprika, Pilze, Käse, Brot und Olivenöl und eine Flasche Rotwein auf dem Tisch. Während ich die Zutaten klein schneide, beginnt Peter, den Teig vorzubereiten.

„Tröste dich", sagt er. „Es ist immer gut, wenn man nach einer langen Phase der Entbehrung das Lustbringende wieder genießen kann."

„Wie bitte?" frage ich.

„Epikur. Lese ich gerade. Du solltest nicht immer nur die Sachen lesen, die du für das Seminar brauchst. Lies Bücher, die du fürs Leben brauchst."

„Ach, und wer macht für mich die Scheine?"

„Ja, ja. Ich sehe, diese Gesellschaft hat dich schon fest in ihren Klauen."

Wir müssen beide lachen.

„Und du? Wieso fährst du jedes Wochenende nach Mannheim, um zu arbeiten. Weil du auch von Luft und Liebe leben kannst?"

„Das ist was anderes", kontert Peter. „Etwas Geld braucht man zum Leben. Da kommt man nicht drum herum. Aber deshalb muss ich ja nicht mein Leben an die Gesellschaft verkaufen."

„Hört, hört. Aber Goldwing fahren."

„Wenn ich die Maschine halten kann, ohne dass mir die Arbeit dafür zu viel Zeit wegnimmt, geht das in Ordnung. Es darf halt die allgemeine Seelenruhe nicht beeinträchtigen. Das ist übrigens auch Epikur."

„Epikur. Das ist doch dieser Fun-Typ unter den griechischen Philosophen. Alles, was Spaß macht, ist gut."

Peter hat den Teig ausgerollt, und wir beginnen ihn zu belegen.

„Nein. Das stimmt so nicht", sagt Peter. „Das, was wir heute unter einem Epikureer verstehen, hat mit den historischen Epikureern nichts zu tun. In der Antike gab es mehrere philosophische Schulen. Die standen durchaus in Konkurrenz. Und da machte man dann auch vor Gerüchten und bösen Unterstellungen nicht Halt. Die Schüler des Epikur lebten fernab der großen Städte, sehr zurückgezogen. Und diese Schule nahm auch Frauen auf. Damals ein Skandal. Vielleicht hätte der gute Reisinger darauf hinweisen sollen. Es gibt in der Antike auch rühmliche Ausnahmen. Aber wie das so ist - schnell waren die Gerüchte da: In der Schule des Epikur wird nicht philosophiert. Nein, hier werden Ausschweifungen und Exzesse praktiziert. Einige Jahrhun-

derte später griffen christliche Philosophen diese Vorwürfe wieder auf, um die heidnische Schule Epikurs zu
verunglimpfen, und seitdem lebt das Bild vom Epikureer fort, der als Orgienfreund und, wie du sagst, Fun-
Typ dargestellt wird. Alles klar?"

„Alles klar." Ich verteile noch etwas Olivenöl über unser gemeinsames Kunstwerk. Peter stellt den Backofen
auf 220 Grad Umluft. „Aber was ist denn nun dran an
den Gerüchten? Orgien oder nicht?"

„Keine Orgien. Dieser Epikur muss vielmehr häufig
krank gewesen sein und viele Schmerzen gehabt haben.
Das war kein Lebemensch, eher jemand, der froh war,
wenn es ihm halbwegs gut ging. Aber unglücklicher-
weise stand der Begriff der Lust im Mittelpunkt seiner
Philosophie, und das schuf Raum für allerlei unglückli-
che oder auch gewollte Missverständnisse. Unter Lust
versteht Epikur den Zustand völligen Glücks. Und dazu
braucht man zwei Dinge: körperliche Unversehrtheit
und seelische Ausgeglichenheit."

„Mehr nicht?" frage ich ungläubig.

„Nein. Man muss frei von Schmerzen und frei von psychischen Belastungen sein. Mehr nicht. Und das ist
Lust."

„Das wäre mir auf die Dauer etwas zu wenig."

„Wenn du aber morgen Muskelkater hast, wirst du dir
doch Schmerzfreiheit wünschen?"

Ich nicke zustimmend.

„Und wenn du dich nicht mit deinem neuen Vermieter
rumärgern musst und dir diese psychische Belastung erspart bleibt, dann freust du dich auch?"

„Ja, ja. Stimmt schon", erwidere ich. „Aber das allein
macht doch nicht glücklich."

„Dann schau dir mal unsere Pizza an."

„Ist was damit?"

„Wahrscheinlich nicht." Peter nimmt das Blech und
schiebt es in den vorgeheizten Ofen. „Auf jeden Fall
isst du sie, weil sie dir schmeckt."

„Stimmt."

„Es könnte aber sein, dass sie schlecht ist. Oder du isst einfach zu viel davon. Dann geht es dir nicht gut. Du hast zwar ein kurzfristiges Lusterlebnis, aber hinterher geht's dir dreckig."

Ich blicke Peter etwas irritiert an. „Gib es zu. Du glaubst, dass unsere Pizza nichts wird."

„Nein, nein. Ich meine, wenn wir uns an der Lust orientieren, werden wir oft irregeführt. Wir tun das, wozu wir gerade Lust haben, denken aber nicht über den Augenblick hinaus. Das oberflächliche Streben nach Lust kann dazu führen, dass wir eben gerade nicht glücklich werden. So denkt Epikur. Um glücklich zu werden, muss man genau überlegen, was man tut oder nicht tut. Bei Entscheidungen soll man immer die körperliche und seelische Gesundheit im Auge behalten. Denn das ist die Voraussetzung des glücklichen Lebens."

Ich bin noch immer nicht zufrieden.

„Wie stellt sich Epikur einen solchen Entscheidungsprozess konkret vor?"

„Zunächst entscheidet er zwischen den Dingen, die in unserer Gewalt liegen, und denen, die wir nicht beeinflussen können. Es ist allein schon eine große Kunst, zu erkennen und sich einzugestehen, was alles nicht in unserer Macht liegt. Zum Beispiel kann man die Liebe eines Menschen nicht erzwingen. Aber es gibt auch Situationen, in denen man die eigenen Einflussmöglichkeiten ganz schwer beurteilen kann, etwa bezüglich schlimmer Krankheiten. Bei all den Dingen, die eindeutig in unserer Macht liegen, schlägt Epikur eine Art Auswahlverfahren vor. Er stellt sich die Frage: Welche Bedürfnisse sollte man befriedigen, welche nicht? Da gibt es zunächst die natürlichen und unbedingt notwendigen Begierden wie Essen, Trinken, Schlafen, Kleidung etc. Die sind zur Erhaltung der Gesundheit unverzichtbar. Aber darüber hinaus? Es gibt auch andere, durchaus natürliche Begierden. Etwa ein besonders gutes Essen, also unsere Pizza."

Wir müssen beide lachen.

„Oder Sex."

„Sex?"

„O ja. All das muss nicht zwingend sein. Und dann gibt es noch Begierden, die nach Epikur weder natürlich noch nötig sind, etwa wenn man unbedingt einen Ferrari fahren will."

„Oder eine Goldwing! Und worauf willst du jetzt hinaus? Demnächst also kein Sex und keine Goldwing? Ich entdecke völlig neue Seiten an dir."

„Nein. Doch. Wenn es der körperlichen Gesundheit und der Seelenruhe nicht schadet, darf man das alles. Wenn du dich aber jahrelang krumm arbeiten musst, nur weil du einen Ferrari haben willst, und wenn du dich durch die viele Arbeit körperlich ruinierst, dann würde Epikur sagen, du solltest auf den Ferrari verzichten. Wenn Sex dich in den psychisch fragwürdigen Zustand des Verliebtseins bringt oder dich so verwirrt, dass du nicht mehr klar denken kannst, dann solltest du es nach Epikur besser lassen, denn das Ganze wird zur psychischen Krankheit. Aber du darfst ruhig Sex haben, wenn du dabei cool bleibst. Und du darfst auch Goldwing fahren, wenn du genug Geld hast und du dich nicht dafür ruinierst."

Es klingelt an der Tür.

„Das klingt alles vernünftig", entgegne ich. „Aber auch unrealistisch oder vielleicht sogar unmenschlich. Klar. Künftig würde man viele Dinge, die nicht nötig sind, nicht mehr kaufen, weil es einen bei näherem Hinsehen gar nicht glücklich macht. Auch wenn die Werbung uns das immer einreden will. Aber das Verliebtsein ist doch ein sehr schöner Zustand?"

„Epikur denkt an das, was nach dem Verliebtsein kommt. Schmerz? Verzweiflung? Alltagstrott? Gewohnheit? Alles keine schönen Aussichten. Alles nichts, was man als Glück bezeichnen kann. Und an die große Liebe hat Epikur wohl nicht geglaubt."

Peter geht zur Tür. Sonja kommt hereingestürzt, knallt ihren Helm auf den Tisch und dann eine Flasche Sekt.

Sie strahlt.

„Jungs, ich habe die Logik-Klausur bestanden. Macht die Flasche auf."

Sie bemerkt den Pizzageruch. Und blickt zu Peter.

„Na ja", meint der. „Wir haben uns gedacht, du fällst durch, und kannst danach eine Stärkung gebrauchen."

„Blödsinn. Ich hab es geschafft. Aber Pizza ist trotzdem gut. Lass mal sehen!"

Ich schaue Peter schmunzelnd an.

„Bleibt nur noch eine Fragen: Was ist nach Epikur eine Pizza?"

Peter überlegt kurz, ohne die Miene zu verziehen.

„Eine Pizza ist eine natürliche, aber nicht zwingend notwendige Begierde, auf die man nach Epikur verzichten sollte, wenn ihr Verzehr üble Folgen für Körper oder Seele nach sich zieht."

Sonja schaut uns entgeistert an.

„Wie seid ihr denn drauf?"

Am späten Abend sind wir auf dem Weg in die Innenstadt. Sonja will ihren Sieg feiern. Wir stellen unsere Maschinen vor dem „Sams" ab, gehen hinein. Laut und verraucht ist es. Und voll. Wir drängen uns in eine der Ecken und schauen den Leuten auf der Tanzfläche zu. Irgendwie gelingt es mir, einen Tisch zu erobern, und plötzlich habe ich Lust zu schreiben. Erst zögere ich. Die Leute müssen mich für verrückt halten. Dann mache ich es doch, nehme den kleinen Block und den Bleistift aus der Lederjacke, schaue mich um und schreib' ein paar Fetzen:

> „Blitze fressen sich durch die Nacht.
> Im schwarzen Raum
> kracht der Bass in den Magen.
> Rauch trübt den Blick,
> Leder und Satin.
> Körper zucken zum
> Rhythmus aus dem Nichts.
> Raum trennt Raum

Und Traum trennt Traum.
Die Fee, die ich seh,
ist so weit weg wie Detroit.
Ihre Zigarette hält sie,
ihr Lächeln,
ihre Träume,
und dieses verdammte
„ich weiß auch nicht".
Und der Bass tötet weiter
und der Laser durchbohrt die Augen.
Wenn du jemanden berührst,
zuckt er zusammen ..."

Sonja stößt mich an.

„Was tust du da", ruft sie mir ins Ohr.

„Hatte gerade einen Einfall", brülle ich zurück.

„Gib es zu. Du wartest auf Eva!"

„Und wenn?"

„Sie kokst zu viel!"

Sonja schaut mich an.

„Lass sie laufen. Das gibt nur Ärger!"

Wir betrachten weiter die Leute auf der Tanzfläche. Viele von ihnen sind jeden Mittwoch da. Und auch die Musik ist immer ähnlich. Ich stecke meinen Block ein. Etwas berührt mich von hinten. Ich drehe mich um, und vor mir steht dieses Mädchen, das sich mit der Hand durch die langen, dunklen Haare fährt und mich anlächelt.

Kurze Zeit später sind wir wieder auf den Maschinen. Eva sitzt hinter mir, hält sich an mir fest. Peter hat einen Einfall, den er uns aber nicht verraten will. Wir folgen ihm aus der Stadt hinaus, genießen den warmen Fahrtwind. Irgendwo geht es rechts ab und schließlich stellen wir unsere Maschinen am Zaun eines Freibades ab.

„Da gehen wir jetzt rein", meint Peter.

Wir schauen ihn fragend an.

„Ist das dein Ernst?", fragt Sonja.

„Keine Angst. Hier ist nachts nie jemand."

Sonja blickt zu mir. Sie sieht, dass ich nicht protestiere.

„Na, dann." Sie schüttelt den Kopf und steigt als erste über den Zaun.

Wir folgen ihr, gehen zum 50-Meter-Becken, nicht ohne uns immer wieder umzuschauen. Dann ziehen wir uns aus und springen ins Wasser. Nach zwei Bahnen fühle ich mich gut wie lange nicht mehr. Als ich am Rand Halt mache, schwimmt Eva zu mir.

„Wenn die uns erwischen, stehen wir ziemlich nackt da," sage ich.

Eva lächelt mich an, dann umarmt sie mich, lässt mich ihre Zunge spüren und dann den ganzen Körper.

„Das ist jetzt egal", flüstert sie mir ins Ohr.

*

... erstaunlich, wie klar die Erinnerung ist. Als wäre es gestern gewesen. Ich gehe zu meinem Bücherschrank. Und da sind sie, all die Bücher von damals: Nietzsche, Epikur, Camus, Schopenhauer, Kierkegaard, Platon. Ich greife mir den „Phaidon", den Peter und ich damals gemeinsam für das Seminar gelesen haben. Ein Lesezeichen ragt heraus. Dort schlage ich den kleinen Band auf, genau an jener Stelle, über die wir uns nächtelang die Köpfe heißgeredet haben:

... welche nun sich schon gehörig durch Weisheitsliebe gereinigt haben, diese leben für alle künftigen Zeiten gänzlich ohne Leiber und kommen in noch schönere Wohnungen, welche weder leicht wären zu beschreiben, noch würde die Zeit für diesmal zureichen. Aber schon dessentwillen, was wir jetzt auseinandergesetzt haben, o Simmias, muss man wohl alles tun, um der Tugend und Vernunft im Leben teilhaftig zu werden. Denn schön ist der Preis und die Hoffnung groß.

*

Gegen Abend treibt es mich in die Stadt. Ich radle den Königswall entlang und entdecke vor dem „Windlicht" das Fahrrad von Reiner. Eine Minute später sitze ich neben ihm auf dem Hocker an einem der hohen Tische. „Na so was? Du in der Stadt? An einem Sonntagabend?" hatte mich Reiner begrüßt.

„Ich habe darüber nachgedacht, wer Arouet sein könnte. Und hab in der Vergangenheit gegraben", antworte ich.

„Und?" will Reiner wissen.

„Es gäbe jemanden, der auf fast alles passen würde, was wir über Arouets Charakterzüge wissen. Das Ganze hat nur einen Haken."

Ich halte einen Moment inne. Reiner schaut mich an.

 „Er ist seit einem Jahr tot. Er hatte einen Autounfall."

Mein Bier kommt und wir stoßen an.

„Das ist eine traurige Sache. Woher kanntest du ihn?"

„Wir haben zusammen studiert."

„Er war sehr wichtig für dich?"

„Ja, wir haben die gleichen Bücher gelesen. Nietzsche. Camus. Die Griechen. Wir haben uns die Nächte um die Ohren geschlagen, gelesen, diskutiert. Das hatte irgendwann gar nichts mehr mit dem Studium zu tun. Wir wollten es einfach wissen. Wir haben diese Autoren gelesen, weil sie uns etwas angehen. Ich konnte mich vorhin noch genau erinnern, wie das war, als wir über Epikur gestritten haben."

Reiner grinst. „Bei Epikur kann ich mir das gut vorstellen. Immer nur Gesundheit und Seelenruhe? Immer Triebverzicht leisten? Wer will das denn?"

„Also etwas Trieb- und Konsumverzicht täte uns ganz gut."

„So? Dann gib die Zigarette zurück. Das Bier auch. Alles nichtige Dinge, die die Gesundheit gefährden."

Wir müssen beide lachen.

„Na ja, ganz Unrecht hat dein Epikur sicher nicht", meint Reiner. „Wenn ich im Fernsehen zwischen fünfzig Sendern mit Mist wählen kann und die gesamte

Einkaufszone Mindens ‚kauf mich' schreit, dann braucht man schon Vernunft, um Herr der Lage zu bleiben. Ich zweifle nur, ob Epikurs Begierdenlehre dazu ausreicht. Und dann seine Äußerungen über den Tod: Der Tod geht uns nichts an. Denn solange wir leben, ist der Tod abwesend, wenn wir tot sind, können wir ihn nicht mehr wahrnehmen. - So was greift doch zu kurz, oder nicht?"

„Logisch ist die Sache schon. Die Sache hilft uns aber wenig, wenn uns ein geliebter Mensch dahinstirbt, und wir Trauernden bleiben zurück: Dann geht uns der Tod doch etwas an. So ging es mir vor einem Jahr mit Peter. Was Epikurs Begierdenlehre angeht, hat mich das jedoch immer überzeugt. In einer Welt der Glücksangebote und Konsumzwänge können wir nur wir selbst bleiben, wenn wir bei klarem Verstand sind und klare Entscheidungskriterien haben. Sonst fallen wir auf jeden Mist herein und lassen uns blenden."

Reiner hat sein Bierglas leer und bestellt eine neue Runde.

„Ich finde das, was Epikur sagt, auch nicht schlecht", meint er. „Aber es reicht nicht aus. Wenn man so etwas wie eine Lebensphilosophie oder Lebenskunst entwikkeln will, kann das, was Epikur schreibt, nur ein Aspekt von mehreren sein."

„Dann bitte genauer. Was meinst du?"

„Nun, wenn man Epikur liest, läuft es doch meist auf eine Einschränkung der körperlichen Bedürfnisse hinaus. Vor 2000 Jahren mag das Sinn gemacht haben. Aber der Fortschritt der Moderne hat zu einer Selbstentfremdung des Menschen geführt. Wir leben in einem Zeitalter perfekter Funktionalisierung des Körpers. Der Körper wird als Instrument betrachtet. Er muss funktionieren. Tut er das nicht, muss die Medizin ihn wieder funktionsfähig machen. Und so schauen sich die Ärzte deinen Körper auch an: sachlich. Der Körper ist ein Instrument zur Verrichtung von Arbeit, bestenfalls ein Instrument zur Erzeugung von Lust, denn auch da wird er ja heute ganz funktional eingesetzt. Da gibt es eine Zeitschrift mit dem Titel ‚fit for fun'. Das sagt alles. Auch für den Spaß hat der Körper zu funktionieren. Manchmal ist der Körper sogar geradezu unfunktional. Etwa wenn er zu langsam oder zu unangepasst ist. Für den Flug ins All oder die Erforschung der Tiefsee ist er unbrauchbar. Deshalb arbeitet man da sinnvoller Weise mit unbemannten Geräten. In der Chipherstellung achtet man peinlichst darauf, dass dieser Staubproduzent und Keimträger draußen bleibt. Selbst im Sport ist der Körper nur Mittel zum Zweck. Wenn er da nicht richtig funktioniert, wird gedoped. All das prägt unser Denken und den Umgang mit unserem Körper. Man sagt immer, das Mittelalter sei leibfeindlich gewesen. Ich glaube, heute sind wir das auf andere Weise mindestens genauso."

„Und warum spricht das gegen Epikur?"

„Epikur möchte unsere körperlichen Regungen kontrollieren. Das mag zu seiner Zeit sinnvoll gewesen sein. Heute muss man das genaue Gegenteil wieder mühsam erlernen. Wir müssen wieder lernen, uns gehen zu lassen."

„Bitte? Das tun wir doch. Zum Beispiel wenn wir vor dem Fernseher sitzen."

„Eben nicht. Ich meine ja den Umgang mit unserem Körper. Da sollte man ja meinen, dass man sich gehen lassen kann. Aber ich möchte nicht wissen, wie viele Leute zwanghaft das erreichen wollen, was sie für guten Sex halten. Obwohl es sicher einfacher wäre, auf den eigenen Körper zu hören und auf den des anderen. Also sich einfach gehen lassen. Oder wer ist sich denn noch bewusst, dass er gerade sitzt oder geht, oder wie er atmet, wie es gerade seinem Magen geht? Wer achtet auf die körperliche Ausstrahlung anderer Menschen? Ich glaube, wir müssen dafür wieder ein Bewusstsein entwickeln. Also im Grunde ein Bewusstsein für uns selbst und andere. Bei Epikur sehe ich genau die Tendenz, diese Dinge zurückzufahren. Das ist gerade heute falsch."

Das zweite Bier kommt, und wir lassen uns einen Moment Zeit für den ersten Schluck. Dann fährt Reiner fort.

„Ähnliches gilt übrigens für unsere Gefühlswelt. Nach Epikur sollen wir unsere Gefühle unter Kontrolle haben. Heute ist es aber eher so, dass wir, was unsere Gefühle angeht, ziemlich gedämpft sind. Und zwar nicht, weil wir unsere Gefühle unter Kontrolle haben, sondern weil wir oftmals keine mehr entwickeln können. Ich übertreibe mal: Heute weint man nicht mehr beim Tod eines geliebten Menschen, aber man weint, wenn man etwas Tragisches in einem Film sieht. Die Traumwelt der Massenmedien hält unsere Gefühle mehr in Bann als die Wirklichkeit. Genauso wie wir in Dingen der Lust kaum in der Lage sind, uns gehen zu lassen, sind wir emotional überfordert, wenn wir von den negativen Dingen des Lebens betroffen werden. Am liebsten wollen wir sie gar nicht sehen. Die Kranken ins Krankenhaus, die Alten ins Altersheim - das man dann verniedlichend Seniorenresidenz nennt - und die Toten möglichst schnell und anonym auf den Friedhof. Epikur hätte vielleicht genau das gut gefunden, denn es bringt uns Seelenruhe. Aber heute stehen einfach Teilnahmslosigkeit und Angst hinter unserem Handeln. Wir machen uns etwas vor. Wir machen uns vor, diesen negativen Dingen entgehen zu können. So lange, bis es uns erwischt, aber selbst dann wollen wir es noch nicht wahr haben. All diese coolness ist nur Flucht vor uns selbst. Unser Leben wird ärmer."

Wir schweigen einen Moment. Die Schaumkrone auf dem Bier hat sich aufgelöst. Und als wäre es eine Bestätigung für das, was Reiner gesagt hat, wird mir bewusst, dass ich beim Zuhören nicht auf die Menschen um uns geachtet habe. Es ist inzwischen voll geworden im „Windlicht". Zigarettenrauch hängt in der Luft. Ich denke über das nach, was Reiner gesagt hat.

„Wenn ich dich richtig verstehe, würdest du Trauer und Zorn, Liebe und Leid näher an dich herankommen lassen. Du würdest sie stärker leben wollen."

„Ich würde sie überhaupt leben lassen wollen. Solche Emotionen hat man in der Öffentlichkeit ja tunlichst zu vermeiden. Ich lasse mir aber ungern von der öffentlichen Meinung vorschreiben, wie ich zu fühlen habe. Und der öffentliche Druck ist immens. Bei der Arbeit oder sonstwo im öffentlichen Leben hat man sich gefälligst zusammenzureißen. Da ist kein Platz für Emotionen. Dort kann man zum Beispiel keine Trauer zeigen. Wenn du länger als erwünscht trauerst, wirst du zum Fall für den Psychiater. Du hast zu funktionieren, und deine Gefühle auch, aber nicht so, wie du willst, sondern wie es gewünscht wird. Also reißen wir uns zusammen und lassen uns instrumentalisieren. Unseren Körper und unsere Emotionen. Und unser Bewusstsein. All das, was ich über unseren Körper und unsere Gefühle gesagt habe, trifft selbstverständlich auch unser Bewusstsein. Auch das ist funktionalisiert. Wenn wir denken, denken wir an das, was sein wird. Wir sind nie richtig da, und darüber hinaus sorgen Medien wie Telefon, Fernsehen, Internet und Cyberspace dafür, dass wir uns immer weniger in der Wirklichkeit bewegen, sondern in neuen Wirklichkeiten. Sein und Schein geraten durcheinander. Wir sind uns immer weniger bewusst, wo wir sind und wer wir sind. Und vielleicht klappt es deshalb auch nicht in den Beziehungen zwischen den Menschen. Wir sind frierende Stacheltiere. Wir haben Sehnsucht nach Wärme, aber wir wollen die anderen nicht so nahe an uns heranlassen."

„Und was schlägst du vor? Wie beseitigt man die Stacheln?"

„Es gibt keine Patentlösung. Auf seinen Körper hören. Emotionen zulassen. Genau hinsehen. Meditieren. Offen sein. Trotzdem nicht alles glauben. - Tugenden, die zu allen Zeiten gut waren."

Reiner schaut mich an.

„Aber wir sind völlig vom Thema abgekommen. Du wolltest was über Voltaire wissen. Ich habe etwas getan für dich. Ich hab' ja oft Zeit im Archiv und kann viel lesen. Und du weißt ja, dass ich gerne Biographien lese. Dein Rätsel hat mir keine Ruhe gelassen, und so hab' ich zwei Biographien von Voltaire durchgesehen. Ich weiß jetzt alles. Was genau willst du wissen?"
Wir nehmen beide einen kräftigen Schluck Bier. Reiner zündet sich eine Lucky an.
„Was will ich wissen? Mein Voltaire oder Arouet, wenn er nicht gerade einer Zeitmaschine entsprungen ist, nutzt den historischen Voltaire als Pseudonym. Ich habe darüber nachgedacht, warum er das tut. Und es liegt eigentlich nahe, dass es ähnliche Charakterzüge, eine ähnliche Weltanschauung geben könnte. Also kommt man eventuell über den historischen Voltaire zu unserem Voltaire. Das scheint mir im Moment der einzige Weg zu sein. Auch wenn ich im Augenblick noch keine Vorstellung habe, wer unter den Menschen, die ich kenne, darauf passt. Also: Über die Person Voltaire habe ich einiges gelesen. Du könntest mir etwas über seine Weltanschauung sagen."
„Meinst du seine Einstellung zur Religion?"
„Religion gehört sicher auch dazu, aber nicht nur. Ich meine all das, worüber wir die ganze Zeit gesprochen haben: Lebensphilosophie. Eine bestimmte Grundhaltung. Wie sieht Voltaire sich selbst und sein Zusammenleben mit anderen?"
„Du hast wirklich schon mal klarere Fragen gestellt."
Er drückt die Zigarette im Aschenbecher aus, denkt nach.
„Da fällt mir im Moment eher zu viel ein. Ich muss das ordnen. Ich muss noch mal in meine Bücher schauen. Morgen habe ich Zeit. Im Archiv liegt nicht viel vor. Ich setzte mich morgen früh dran und schreibe dir etwas auf. In den nächsten Tagen hast du es im Briefkasten."
„Einverstanden. Danke"

Reiner grübelt einen Moment.

„Dein Freund aus der Studienzeit. Bist du sicher, dass er wirklich tot ist?"

„Ja", erwidere ich. „Ich war auf seiner Beerdigung."

„Gut. War nur so ein Gedanke. Ich glaube, ich fahr jetzt nach Hause. Die letzte Nacht war kurz."

Wir zahlen und verlassen das „Windlicht". Einen Teil der Strecke radeln wir gemeinsam. Dann trennen sich die Wege. Auf der Fahrt beobachte ich den Sternenhimmel und plötzlich wird mir bewusst, wie lange ich das schon nicht mehr getan habe.

Zuhause angekommen werfe ich noch einen Blick auf den Schreibtisch. Bücher türmen sich. Manuskriptseiten liegen wild durcheinander. Seit der Studienzeit hat sich da nichts geändert. Unordnung scheint die Voraussetzung für Manuskriptarbeit zu sein. Das Chaos, das Tohuwabohu als Ausgangspunkt für Neues. Ich erinnere mich, dass dies schon früher meine Leidenschaft war: bis spät in die Nacht an Formulierungen feilen, Ungenaues durch Pointiertes ersetzen, Überflüssiges streichen, den Text auf seine beste Form bringen. Das ist harte Arbeit. Oder ist es das Streben nach dem, was die Griechen „arete" nannten? Der Versuch, die „Bestform" zu erreichen? Etwas bestmöglich, vortrefflich zu erschaffen? Das ist mehr als Arbeit. Das ist ein Ziel, das einen Menschen ganz erfassen kann. Und wenn es erreicht ist, dann wartet eine einfache, aber erfüllende Gewissheit: Das Leben lohnt sich.

Ich werfe den Computer an, um noch schnell ins Netz zu schauen. Der Browser meldet, dass etwas in meiner Mailbox auf mich wartet.

Der Sinn der Geschichte

François-Marie-Arouet@freenet.de to
LenaArcus@gmx.de

Mein lieber Freund,

heute möchte ich in die Sprache Ihres Jahrhunderts
wechseln. Denn Sie haben Recht. Den „Candide" neu
schreiben bedeutet dreihundert Jahre weiter zu sein.
Wir nehmen eine neue Sprache - und damit auch ein
neues Denken. Das Thema bleibt: die beste aller Welten. Eine anmaßende Überlegung? Oder Ergebnis großer Einsicht? Den „Candide" neu schreiben: Darf ich
Ihnen den Sound vorgeben? Einen Prolog für den neuen
„Candide"? - Dann lesen Sie:

Mir gefällt der Grundgedanke, alles von seinem Leben
zu fordern, intensiv zu leben.
Ich kann ihn nur nicht in die Tat umsetzen. Ich fände es
nicht schlimm, morgen zu sterben.
Wir kommen und wir gehen. Wann, spielt für mich keine Rolle. Zu sagen, ich möchte etwas erreichen im Leben, überzeugt mich wenig, denn was ich erreicht habe,
zählt nach dem Tod nicht mehr.
Ich würde gerne einen der alten Wege gehen, da ich vor
dem gleichen Problem stehe wie viele. An die Religion
kann ich mich nicht wenden, denn ich glaube nicht an
höhere Mächte, Gott. Aber Ja sagen zum Leben kann
ich auch nicht. Das Leben ist einfach zu belanglos. Ich

würde sogar sagen, ich stehe außerhalb meines Lebens, denn ich lebe, um zu sehen, wie ich mich entwickle und wie sich andere entwickeln ...

Adieu, mein Freund. Mögen Sie mir weiter wohlgesonnen sein.

Arouet

*

Der Ausdruck der E-Mail liegt vor mir. Ich kann mich nicht entschließen, zu Bett zu gehen. Arouet hat seine Sprache geändert. Was ist das für ein Sound? Die Uhr zeigt Mitternacht. Ich habe Musik von Händel aufgelegt. Klaviersonaten. Sie sind von klarer Struktur und dezentem Optimismus. Der Sound einer vergangenen Zeit, nicht der Sound der Verlorenheit, der aus Arouets Brief entgegenklingt. Sind das die Schwingungen Voltaires? Das Rotweinglas vor mir ist fast leer. Es hat mich müde gemacht. Ich stelle mir vor, dass ich Voltaire im Park von Sancoussi begegne, oder in Ferney, oder *im Schlosspark von Bückeburg. Ja, hier begegnet er mir. Hier in Thunder-ten-tronck gehen wir vom Schloss in Richtung Mausoleum. Eine seltsame Sache, diese Mode des 18. Jahrhunderts. Ich trage wie mein Gegenüber eine weiß gepuderte Perücke. Mein Nackenhaar ist von einem Seidentuch verdeckt. Das Gesicht weiß geschminkt und rot, da, wo man von Natur Rouge erwarten würde, aber viel greller. Perücke und Schminke bewirken, dass Voltaire und ich fast gleich alt wirken. Unter dem von der Hüfte an abstehenden, farbigen Gehrock tragen wir beide beigefarbene Seidenwesten sowie Kniehosen, die mit einer Spange unter dem Knie abschließen. Ebenfalls beigefarbene Seidenstrümpfe bedecken unsere Unterschenkel bis zu den schwarzen Lackschuhen mit Schnalle. Das spitzenbesetzte Hemd kann man nur erahnen, denn an den Händen ragen*

Spitzenmanschetten hervor und auf der Brust die Hemdkrause. Ich fühle mich unwohl in der fremden Kleidung, aber mein Gegenüber erspart mir immerhin, allzu viel zur Konversation beitragen zu müssen.

„Mein lieber Sir Ralph. Was zweifeln Sie an meinen Worten. Glauben Sie mir. Die Natur ist sehr grausam. Man kann sich kaum vorstellen, wie die Gesetze der Natur in der nach Leibniz ‚besten aller möglichen Welten' solch entsetzliche Katastrophen bewirken können. Hunderttausend Ameisen, unsere Mitmenschen, werden mit einem Schlag in unserem Ameisenhügel zerschmettert, und die Hälfte von ihnen verendet unter den Trümmern, aus denen man sie nicht mehr hervorziehen kann. Was für ein erbärmliches Glücksspiel ist doch das menschliche Dasein! Die Natur macht unendlich viele Fehler: Missgeburten, Pest, Gift, öde Landstriche. Neben so viel Ordnung so viel Unordnung. Neben solcher Gestaltungskraft so viel Zerstörung. Von diesem Problem bekomme ich oft Fieber. Im menschlichen Leben nicht anders. Überall gibt es Leiden der Individuen, Krankheit, Verbrechen, Tod und Verdammnis. Das verstehe, wer kann. Es gibt eine Sintflut von Übeln, in denen wir ertrinken. Die Geschichte zeigt fast nur Dunkel. Immerzu hat das Verbrechen Erfolg. Die Geschichte ist eine fast nie unterbrochene Kette von Drangsalen, ein Haufen von Verbrechen und Dummheit. Die Welt ist nicht die beste aller Welten, sie ist die schlimmste aller Erdkugeln. Das Glück ist nur ein Traum, und der Schmerz allein ist real. Die Frage des Guten und Bösen bleibt ein Chaos, das für den ehrlichen Forscher unentwirrbar ist.

Nein, ich halte mich da an den Menschen. Er selbst muss seine Dinge zum Besten bringen. Leider gibt es da nicht viele gute Vorbilder. Aber nehmen Sie unseren Grafen von Schaumburg-Lippe. Ein exzellenter Feldherr, der nicht ohne Grund von der englischen Krone den Oberbefehl über die portugiesischen Truppen gegen Spanien erhalten hat. Er war erfolgreich, weil er *klug und umsichtig war. Zur Zeit baut er unweit von hier einen militärischen Stützpunkt, mitten in einem See auf einer künstlichen Insel, uneinnehmbar. Und gemeinsam mit einem Ingenieur namens Praetorius entwickelt er ein Boot, dass unter Wasser fahren kann. Es soll später einmal die Strecke von der Weser in Petershagen bis nach Lissabon in sechs Tagen bewältigen. Und sogar den Nordpol unterqueren.*

Mein lieber Sir Ralph, wenn ich mir das Chaos der Geschichte anschaue, dann ist meine einzige Tröstung, weiterhin auf das Wohlwollen solcher Menschen wie Graf Wilhelm zählen zu können. Oder ich finde Trost in der Kunst. Machen Sie die Augen auf, wenn Sie durch den Bückeburger Schlosspark gehen. Er ist Medizin für die Seele.

Aber grundsätzlich: Alles um euch, alles in euch ist ein Labyrinth, dessen Lösung zu erraten dem Menschen nicht gegeben ist. Was ist der Sinn der Geschichte? Fragen Sie Leibniz. Und wenn er Ihnen eine sinnvolle Antwort gibt, kommen Sie wieder und überzeugen Sie mich."

Wir haben das Mausoleum erreicht. Von innen hört man Musik von Johann Christoph Friedrich Bach. „Die Amerikanerin", so der Titel der Kantate für Orchester und Sopran. Brillante Farben, musikalischer Optimismus. Noch ein Bückeburger.

Doch dann kippt die Klangstruktur, zerfällt, wird bald überlagert von der Musik Händels und dem allmählichen Erwachen.

*

Am nächsten Morgen beschließe ich spontan, nach Hannover zu fahren, Leibniz zu besuchen. Ich telefoniere mit Florian und Tina. Ein kleines Wunder: Beide haben Zeit für mich. Vanessa fährt mich zum Bahnhof. Sie hat Arouets Mail gelesen.

„Was hältst du von der Sache?" frage ich sie, als wir am Klinikum in die Portastraße in Richtung Weserbrükke einbiegen.

„Es klingt ...," sie hält inne, sucht nach dem richtigen Begriff. „Es klingt so, als ob jemand schreibt, der eine schlimme Erfahrung gemacht hat. Es hat etwas Tragisches, Schweres. So, als wäre jemand am Ende angekommen. Ich kann es nicht besser in Worte fassen. Man kann es wohl nur erspüren."

Sie lenkt den Wagen nach rechts auf die Weserbrücke, am Denkmal des alten Kurfürsten vorbei.

„Was willst du in Hannover?"

„Ich bin mir nicht sicher. Arouet spricht von Leibniz, immer wieder. Eigentlich müsste ich Leibniz genauer studieren. Vielleicht finde ich etwas auf seinen Spuren. In Hannover. Und ich hätte schon längst einmal nach Hannover fahren müssen, um alte Freunde zu besuchen."

„Was meinst du zu dieser E-Mail?"

„Das ist wirklich ein anderer Sound. Und wenn Arouet sagt, dass es der Sound der Gegenwart ist, dann ist es eventuell sein wahres Gesicht. So kann man nur schreiben, wenn man es selbst empfindet oder empfunden hat."

„Warum schreibt er das an dich?"

„Keine Ahnung."

Wir erreichen die Unterführung. Vanessa biegt nach links ein. Der Bahnhof liegt vor uns.

„Das klingt wie ein Hilferuf", sagt sie.

„Da kannst du Recht haben. Das würde erklären, warum er mir schreibt. Aber warum ich? Was erwartet er von mir?"

Wir haben den Bahnhof erreicht. Vanessa hält den Wagen an. Sie verabschiedet mich mit einem langen, zärtlichen Kuss.

*

Vom Bahnhof über den Ernst-Reuter-Platz sind es nur wenige Minuten Fußweg zur Warenbörse. Ein großer Eingang. Marmorstufen. Eine repräsentative Glastür. Ein dezentes Metallschild. Warenbörse Hannover. Eine Empfangstheke. Die junge Frau hinter dem Tresen mustert mich kritisch. Ich melde mich an.

„Guten Tag. Arcus. Ich werde erwartet."

Ihr Blick wandelt sich. Sie lächelt.

„Guten Tag, Herr Arcus. Bitte folgen Sie mir."

Wir durchqueren eine weitere Glastür. Es geht einen nüchtern beleuchteten Flur entlang. Dann nach rechts in einen großen Raum, in dem etwa zwanzig Bildschirme flimmern.

„Herr Kunze. Herr Arcus für Sie", meldet mich die junge Frau an.

Ein schwerer Bürostuhl dreht sich.

„Thomas!" Florian steht auf und kommt auf mich zu. Guter Anzug. Krawatte. Er ist sichtlich erfreut, mich zu sehen.

„Florian. Hallo. Schön, dass du Zeit hast."

Ich gehe auf ihn zu, drücke ihm die Hand.

„Klar hab' ich Zeit", sagt er. „Es ist längst überfällig, dass du dich hier mal sehen lässt."

Ich schaue mich um. Da sind zwei Mitarbeiter, die von den Bildschirmen aufblicken, freundlich grüßen. Ansonsten ist der Raum voll Computer. Bildschirme, auf denen Grafiken, Tabellen, Zahlen flimmern.

„Das ist die Börse?" frage ich überrascht.

Florian schmunzelt.

„Was hast du erwartet. Parketthandel? Das ist eine Warenbörse. Hier wird Getreide gehandelt. Auch Rinder und Schweine. Wir haben auch Stromkontrakte. Das geht mit Computer am komfortabelsten."

Ich blicke erstaunt um mich.

„Alles geschieht auf dem Computer?"

„Genau. Aber auch an den Wertpapierbörsen wird es sicherlich bald nur noch Computerhandel geben. Das gute, alte Parkett verschwindet."

Florian führt mich herum, erläutert mir die Zahlenkolonnen auf den Bildschirmen. Nach einiger Zeit beschließen wir in das benachbarte Expo-Café zu gehen, denn viel sieht man nicht in dieser Börse.

Das Expo-Café ist ein postmodernes Gebilde aus Stahl und Glas, in das sich auch Holzelemente verirrt haben. Die äußere Form ähnelt einem nach oben abgeschrägten Quader, der an einer Seite abgerundet wurde. Das Café darin erstreckt sich über zwei Stockwerke. Wir finden einen Platz im Erdgeschoss, nicht weit von der Theke.

„Du bist eingeladen." Florian winkt die Bedienung heran, die ihn offenbar kennt. „Ein einfacher Kaffee. Schwarz."

„Für mich auch", ergänze ich.

Florian wendet sich wieder mir zu.

„Na, da hast du dir sicher mehr versprochen", beginnt er. „Sicher einen großen Saal mit vielen hektischen Menschen, die herumrufen und merkwürdige Fingerzeichen geben."

„So etwa", antworte ich.

„Heute wird mit kleinstem Aufwand auf die Zukunft spekuliert."

„Auf die Zukunft spekuliert?"

„Ja. Futures. Das sind Spekulationen auf die Zukunft. Oder einfach nur Absicherungen eines Geschäfts. Letzteres ist bei uns die Regel."

„Also habt ihr keine Spekulanten?"

„So gut wie keine. Die tummeln sich an den Wertpapierbörsen."

„Und du?"

„Ab und zu mache ich das auch."

„Und mit Erfolg?"

„Ich denke schon. Es gibt langfristige Trends. Die Menschen sind grundsätzlich optimistisch. Und so geht es an den Börsen, langfristig gesehen, bergauf. Man muss einen guten Wert finden, der fundamental gesehen solide ist und zusätzlich möglichst positives Überraschungspotential haben könnte. Gut sind also heute solide Werte mit Biotechnologieanteil. Auch Kommunikationswerte könnten laufen. Meist sind die aber von vornherein überbewertet."

„Und du bist der Meinung, es geht langfristig immer bergauf? Du musst einen soliden Wert mit Zukunftspotential finden, und dann wird es etwas?"

„Natürlich bleibt es letztlich Spekulation. Aber mit einer klugen Auswahl der Werte kann man die Risiken doch sehr eingrenzen. Und in der Tat geht der langfristige Trendkanal der wichtigsten Börsen über die Jahrzehnte gesehen aufwärts. Das Gesetz der Börse belohnt die langfristig Denkenden. Deshalb halte ich nichts von Day-Trading. In kurzen Zeiträumen sind diese langfristigen Gesetze aufgehoben."

Der Kaffee kommt.

„Man muss allerdings Nerven bewahren, wenn es zwischendurch mal bergab geht", fährt Florian fort. „Wer dann nicht verkauft oder verkaufen muss, hat auch keine Verluste realisiert. Langfristig geht es immer bergauf. So auch hier in Hannover: Die Expo verschlingt immense Kosten. Aber es wird sich langfristig für Hannover auszahlen."

Ich setze die Tasse ab und schaue Florian skeptisch an.

„Diese Gesetzmäßigkeit der Börse, von der du gerade sprichst, könnte dann ein allgemeines Gesetz sein, das sich auf alles beziehen lässt. Denn warum sollte die Börse nach anderen Gesetzen laufen als die Welt?"

Florian denkt einen Moment nach, schaut nach draußen in Richtung Oper.

„Du könntest Recht haben. Ich hätte allerdings Schwierigkeiten, diese Sache völlig zu begründen oder zu beweisen. An der Börse ist es eine Sache der Psychologie. Die Menschen denken letztlich optimistisch. Selbst wenn sie auf fallenden DAX spekulieren. Sie tun es, weil sie einen Gewinn erwarten, eine Vermehrung ihres Geldes. Ob dieser Optimismus auch für andere Branchen oder überhaupt gilt, kann ich schwer sagen, aber es würde mir eher einleuchten als das Gegenteil.

Schließlich mühen sich die Menschen ab, damit es ihnen besser geht. Aber da müsstest du selbst besser Bescheid wissen. Was sagen denn die Historiker? Gibt es einen positiven Trendkanal in der Geschichte?"

„Da gehen seit mehr als zwei Jahrtausenden die Meinungen auseinander. Genau genommen steht dahinter ja die Frage, ob es ein Ziel der Geschichte gibt, ob die Geschichte einen Sinn hat?"

„Und? Was sagen die Gelehrten?"

„Einig sind sie sich darin, dass diese Welt irgendwann ihren Anfang genommen hat."

„Ach?" Florian schmunzelt.

„Die einen meinen, dass diese Welt irgendwann ein Ende findet, andere meinen, sie wird ewig existieren, wieder andere meinen, es gibt unendlich viele Zyklen von Weltentstehungen und Weltuntergängen. Und die christliche Position sieht so aus, dass die Schöpfung sich in Richtung Vervollkommnung entwickelt. Ziel ist das Reich Gottes."

„Dann glauben Christen also per se an den Fortschritt."

„Ja, und ich denke, dass auch unser heutiger Fortschrittsglaube auf christlicher Tradition beruht. Entstanden ist er in der Zeit der Aufklärung."

„Also mit dem Fortschritt der industriellen Revolution?"

„Nicht ganz. Die Theorien waren bereits da, als die technische Entwicklung gerade begann und die Theorien quasi zu bestätigen schien."

Florian blickt erstaunt auf.

„Willst du damit sagen, dass wir an der Börse an alte Zöpfe glauben?"

„Ja und nein. Ein gewisses Alter haben diese Theorien schon, aber das sagt nichts über ihre Qualität."

„Nun mal konkret. Sagen diese Theorien etwas über Gesetzmäßigkeiten in der Geschichte?"

„Eindeutig ja."

„Dann will ich das wissen. Wie sehen diese Gesetze aus?"

„Ausgangspunkt sind hier die Gesetze, die von Naturwissenschaftlern gefunden wurden. In der Natur lassen sich gewisse Gesetze nachweisen, denk zum Beispiel an das Gravitationsgesetz. Geschichte, zumal Menschheitsgeschichte, wird jedoch nicht nur durch die Gesetze der Natur, sondern auch durch die Menschen beeinflusst. Die verhalten sich als Einzelne selten planvoll, weil sie jeweils nach ihrem individuellen Willen handeln. Die Gelehrten streiten sich bis heute, ob der Mensch einen freien Willen hat, aber gehen wir einfach mal davon aus. Wenn wir uns also die Menschen als frei entscheidende Querköpfe vorstellen, die sie wohl auch sind, so unterliegen diese Querköpfe aber noch immer den Naturgesetzen. Wer vom Kirchturm springt, mag noch so sehr fliegen wollen, er landet unsanft auf der Erde. Wenn man die einzelnen Menschen betrachtet, sieht es gar nicht nach Regelmäßigkeiten aus. Wenn man aber die Menschheit als Ganzes betrachtet, sollte man aber trotz aller Querköpfigkeit im Einzelnen die Naturgesetze wirken sehen. Betrachtet man die Menschheit im Großen, also statistisch, sieht man auch gewisse Trends. Untersucht man etwa, in welchem Alter Frauen Kinder zur Welt bringen, wird man einen - wie du sagst - Trendkanal feststellen können. Also: Es gibt Gesetzmäßigkeiten in der menschlichen Geschichte, und die werden offenbar durch die Natur bestimmt."

„Moment." Florian winkt der Bedienung und bestellt zwei weitere Kaffee.

„Gut, soweit konnte ich dir folgen. Aber was mich jetzt interessiert: Gibt es einen positiven Trend in der Geschichte? Denn den habe ich ja vorhin für die Börse behauptet."

„Also: Nun meinten die Experten im 18. Jahrhundert, zum Beispiel Kant, - eine besondere Gesetzmäßigkeit gefunden zu haben, die in der Natur des Menschen begründet liegt. Menschen sind sehr selbstsüchtig, mitunter egoistisch. Sie denken gerne an sich. Aber auf der anderen Seite sind sie auch Gesellschaftstiere, die ohne den anderen nicht auskommen können. Und sei es nur, um bewundert zu werden. Daraus resultiert alles Übel: Missgunst, Habgier, Ehrsucht. Lauter schlechte Dinge, könnte man meinen. Aber aus diesen Motiven heraus wird der Mensch gezwungen, etwas zu tun. Wenn er mehr haben will, wenn er etwas Besonderes sein will, besser als die anderen, dann kann er nicht einfach auf der faulen Haut liegen bleiben. Dann muss er sich etwas einfallen lassen. So entsteht Konkurrenz. Und aus dieser Konkurrenz entsteht Fortschritt. Natürlich zunächst wirtschaftlicher und technischer Fortschritt. Aber zuletzt auch politischer und moralischer Fortschritt, denn die Menschen werden aufgrund ihres Strebens klüger und vernünftiger."

„Da habe ich aber meine Zweifel", gibt Florian zu bedenken. „Der technische Fortschritt lässt sich nicht von der Hand weisen. Daran glaubt die Börse. Das bringt Wachstum. Aber die Börse geht nicht gerade vom Guten im Menschen aus."

„So dachten es sich die Weisen des 18. Jahrhunderts aber. Sinn der Geschichte sei die allmähliche Ausprägung und Optimierung der menschlichen Anlagen, und dazu gehören auch die moralischen Anlagen."

„Dann haben sich die Weisen wohl geirrt, oder wir sind noch nicht so weit."

„Richtig. Und genau hier scheiden sich heute die Geister. Die einen meinen dies, die anderen das. Ihr Börsianer glaubt an den Fortschritt, daran, dass es immer besser wird, immer bergauf geht. Und eure Statistiken, die Charts, scheinen euch langfristig Recht zu geben."

„Stimmt. Das sind die ‚Bullen'. Und? Was meinen die ‚Bären', die Skeptiker?"

„Seit dem 18. Jahrhundert hat sich doch einiges geändert. Genau genommen mit der Erfindung der Atombombe. Wir haben die Möglichkeit, diesen Globus komplett zu vernichten. Und damit auch die Möglichkeit, unsere Geschichte durch eigene Hand zu beenden."

„In dem Falle wäre es also nichts mit dem endlosen Fortschritt. Bis dahin müsste man also sein Aktiendepot glattgestellt haben. Und das würde einem dann auch nichts mehr nutzen."

„Richtig. Wenn die Pessimisten Recht behalten, ist irgendwann Schluss. Dann ist alles egal. Bis dahin liegen jedoch die Optimisten richtig. Und vielleicht liegen sie sogar gänzlich richtig."

Florian lehnt sich beruhigt zurück. „Dann war es vielleicht doch nicht falsch, dass wir deine Tochter Lena zur Anteilseignerin der Warenbörse gemacht haben. Wenn auch nur zu einem halben Prozent."

„Stimmt. Ohne Optimismus bewegt sich nichts."

Die Bedienung bringt uns einen zweiten Kaffee. Während die junge Frau die Tassen abstellt, schaut sie uns aufmerksam an, als hätte sie unserem Gespräch zugehört. Langsam geht sie zurück zur Theke und fährt sich mit der Hand durch das dunkle Haar. Florian ist in Gedanken versunken, hat sie nicht wahrgenommen.

„Du hast am Telefon gesagt, du willst heute noch jemanden besuchen. Hier in Hannover?"

„Ja, sofern man das kann."

„Wie meinst du das?"

„Der zu Besuchende ist schon tot. Er heißt Gottfried Wilhelm Leibniz. Ach, er ist übrigens sozusagen der Begründer des Optimismus."

*

Am Hauptbahnhof steige ich in die S2 in Richtung Stöcken - wo immer das sein mag. In der anderen Richtung würde ich auf der Expo landen, hatte Tina gesagt. Also Richtung Norden: Steintor. Königsworther Platz. Universität. Tina arbeitet dort. Warum nannte sie mir eine andere Haltestelle? Egal. Schneiderberg. Parkhaus. Herrenhäuser Gärten. Hier soll ich raus. Sekunden später überquere ich die Herrenhäuser Straße und betrete die Gärten durch einen Mauerdurchlass. Ich befinde mich auf einem halbrunden Platz, der von jener Mauer eingerahmt ist, die ich soeben durchschritten habe. Ich soll mich links halten, hat Tina gesagt. Das tue ich und erreiche Augenblicke später ein Gebäude, das wie ein kleiner Palast aussieht. Etwa 40 Meter breit. An der Gebäudemitte führen große Stufen zum Eingang. Auf einer dieser Stufen sitzt Tina. Sie winkt mir zu.

„Hast dus also gefunden", ruft sie, kommt auf mich zu und umarmt mich.

„Schön, dich zu sehen. Hat ja lange genug gedauert, bis du den Weg nach Hannover gefunden hast."

„Was soll ich sagen. Du hast Recht. Ich such erst gar nicht nach Entschuldigungen."

Wir setzen uns auf eine der Stufen. Tina streicht sich durch die kurzen, frechen Haare. Sie trägt ein luftiges bordeauxrotes Shirt, das ihr Tattoo nicht vollständig bedeckt: Ein zarter schwarzgrüner Rosenzweig scheint ihr über die Schulter gewachsen zu sein.

„Einen interessanten Treffpunkt hast du uns ausgesucht. Bekommt man in diesem Schloss auch einen Kaffee?"

„Einen Kaffee? Oh, nein. Hier wohl kaum." Tina schmunzelt. „Das ist die Orangerie. Das Schloss stand an dem Platz, den du gerade überquert hast. Bis es im Krieg zerstört wurde. Aber der Garten ist geblieben. Ich bin hier sehr gerne, denn der Garten ist wunderschön. Du wirst sehen."

„Da bin ich gespannt."

„Erst wollte ich dich zur Uni bestellen, aber was soll ich dich in die Laboratorien führen. Komm, ich zeige dir die Gärten."

Sie zieht mich hoch und wir gehen dorthin zurück, wo einst das Schloss gestanden hat.

„Übrigens arbeite ich auch manchmal hier. Auf der anderen Seite der Herrenhäuser Straße ist der Berggarten. Da haben wir Biologen einige Anpflanzungen. Und dort ist auch ganz in der Nähe der Bibliothekspavillon. Tausende botanische Bücher sind da gelagert."

„Und ich dachte, ihr dreht nur noch an den Genen und klont Embryonen."

Tina schaut mich an, als wolle sie etwas dazu sagen, tut es dann aber doch nicht. Statt dessen betritt sie die große quadratische Rasenfläche vor uns.

„Hier in der Mitte sollte eine Aussichtsplattform entstehen. Leider ist noch nichts draus geworden. Von hier könntest du den Aufbau der gesamten Gartenanlage erfassen."

Ich folge Tinas Blick und stelle fest, dass ich nur etwa hundert Meter überschauen kann.

„Es gibt eine Zentralachse", fährt sie fort. „Sie verläuft viele hundert Meter. Und alles, was dich rechts und links der Zentralachse erwartet, ist spiegelbildlich zueinander angeordnet."

„Stimmt. Das erkennt man bereits an den Ornamenten in den großen Rasenflächen, die vor uns liegen."

„Genau. Aber doch ist nicht immer alles spiegelbildlich. Wenn wir rechts an den Rasenflächen vorbei in den Bereich der Heckenpflanzen gehen, erwartet uns ein Labyrinth. Links dagegen kommen wir zum Gartentheater. - Was würde dir mehr gefallen?"

„Nun, Labyrinthe kenne ich, aber ein Gartentheater sehe ich zum ersten Mal."

„Also zum Gartentheater."

Nachdem wir die Rasenflächen hinter uns gelassen haben, wird mir bald klar, dass Hecken hier wohl grundsätzlich labyrinthischen Charakter haben. Auf dem Wege durch mannshohes Grün verliert sich schnell die Orientierung. Doch Tina kennt sich aus, und tatsächlich gelangen wir an einen heckenumsäumten Platz, der geformt ist wie ein Auditorium, ausgerichtet auf eine Bühne. Auch diese Bühne ist rechts und links begrenzt von Hecken, die nach hinten aufeinander zulaufen und den Blick auf einen Pavillon leiten, der sich im Hintergrund erhebt. Entlang der Hecken befinden sich Statuen, die in Gold eingetaucht zu sein scheinen. Wir setzen uns auf die Stufen, die zur Bühne führen.

„Na, gefällt es dir?" fragt Tina.

Ich blicke mich um und lasse die Szenerie auf mich wirken.

„Ja und nein. Das Gartentheater selbst ist sehr faszinierend. Aber diese goldenen Statuen?"

„Da scheiden sich die Geister. Aber die Gartenarchitekten haben es nun einmal so gewollt und nicht anders. Der Garten ist ein Kind seiner Zeit. - Es hat übrigens einen besonderen Grund, warum ich dich hierher geführt habe."

Ich blicke sie erstaunt an und kann meine Neugier nicht verbergen.

„Du hast mir davon erzählt, dass du hier in Hannover etwas über Leibniz erfahren willst."

„Stimmt."

„Nun. Du bist angekommen." Sie lächelt mich an.

Ich blicke suchend um mich.

„Und? Wo ist er?"

Tina muss noch immer schmunzeln.

„Er ist hier überall. Die Hannover-Touristen schickt man für gewöhnlich zu seinem Geburtshaus. Aber das Haus ist eine Rekonstruktion. Das echte Leibnizhaus wurde zerstört und stand ganz woanders. Vielleicht schickt man die Touristen auch in die Neustädter Kirche. Da ist Leibniz begraben. Oder man schickt sie zum Leibniz-Tempel in den englischen Garten. Ich mag den englischen Garten nicht. Da hat man so um 1790 einen Rundtempel gebaut. Zwölf Säulen tragen eine Kuppel. Darunter ein Podest und eine Leibniz-Statue. Und seit neuestem gibt es in Hannover auch zwei Neon-Installationen. Die Expo macht es möglich. An der Innenfront eines Versicherungsgebäudes kann man in mattem Gelb Leibnizworte über die Pflanzen- und Tierwelt verfolgen. Entlang der Front des alten Zeughauses ist mit Beginn der Dämmerung ein Satz aus der ‚Monadologie' zu lesen. Ich hab' ihn dir aufgeschrieben."

Tina kramt einen Fetzen Papier aus der Jeans.

„Also. Zitat: Es gibt nichts Ödes, nichts Unfruchtbares, nichts Totes in der Welt, kein Chaos, keine Verwirrung, außer einer scheinbaren; ungefähr wie sie scheinbar in einem Teich zu herrschen schiene, wenn man aus einiger Entfernung eine verworrene Bewegung und sozusagen ein Gewimmel von Fischen sähe, ohne die Fische selbst unterscheiden zu können."

Wir lassen den Satz einen Moment wirken.

„Also ist die Welt für Leibniz vollkommen und gut."

„So ist es", sagt Tina. „Es mag sein, dass wir die Ordnung der Schöpfung nicht zu erkennen in der Lage sind, aber die Welt ist wohlgeordnet. Die beste aller möglichen Welten, wie Leibniz es nennt."

„Oha."

„Wie oha?"

„Ich hoffe, dir ist klar, was das bedeutet."

Tina schaut mich fragend an.

„Was meinst du?"

„Die Sache klingt mit zu glatt. Das hat etwas von Sonntagsrede. Solange es uns gut geht, finden wir solche Sätze bezaubernd. Aber wenn es uns dreckig geht, kann uns niemand mehr davon überzeugen, dass in der Welt alles zum Besten geordnet ist."

Tina überlegt einen Moment.

„Aber wir sehen immer nur unsere kleine Welt. Nicht das Ganze."

Ich schüttle den Kopf.

„Das kannst du sagen, weil du gesund bist, keine Schmerzen hast und dir die Gyros-Pita schmeckt."

Tina lacht.

„Ich esse kein Fleisch."

„Gut. Ich weiß. Dann schmeckt dir halt der Tofu-Bratling."

„Nein, nein. Du hast Recht und hast Unrecht. Natürlich gibt es entsetzliches Leid. Ich hab' während meiner Studentenzeit im Krankenhaus gearbeitet. Es ist unvorstellbar. Und es geht mir noch heute so, wenn ich ein Krankenhaus betrete: Ich habe all die Krankheiten und

Qualen kennen gelernt. Es ist unglaublich, was ein Mensch alles erleiden kann. Und beneidenswert sind alle, die diese Krankheiten nicht mal vom Hörensagen kennen. Denn allein die Vorstellung, dass all diese Krankheiten auch uns erfassen können ..."

„Und dann findest du den Leibniz-Satz gut?"

„Ja. Weil er stimmt."

Ich lehne mich zurück und stütze mich mit den Ellenbogen auf einer der Stufen ab.

„Das musst du mir erklären."

Tina überlegt einen Moment.

„Also ... das ist es ja auch ... also, dass ich dir den Garten zeige."

„Du sagst, man findet Leibniz hier überall."

„Ja. Als dieser riesige Garten Ende des 17. Jahrhunderts angelegt wurde, war Leibniz mit dabei. So manche Idee ist von ihm. Manchmal bis ins Detail. Bis hin zu Einzelheiten, etwa der Anpflanzung von Maulbeerbäumen, um Seidenraupen zu züchten. Oder der Berechnung der Hydraulik für die Fontäne. Leibniz war in Hannover nicht nur am Hofe angestellt. Er war ein Freund der Kurfürstin Sophie. Und vieles spricht dafür, dass die Herrenhäuser Gärten in weiten Zügen das Werk dieser beiden sind. Geometrie ist die Metaphysik der Natur, schreibt Leibniz. Und genau dieser Satz scheint die Geometrie von Herrenhausen zu bestimmen. Wenn du den Garten betrittst, wirst du auf seltsame Weise verzaubert. Du betrittst die Welt einer sorgsam geordneten und bemessenen Natur, die ihr Maß astronomischen Gesetzen entnimmt, den Kosmos einbezieht in Vollmond, Halbmond und Sternen und das Unendliche endlich macht. Es ist ein Spiegel der Ewigkeit. Und auch hier erlebst du die Unfähigkeit des Menschen, das Ganze zu erfassen und zu verstehen. Hier beginnt barockes Denken. Du kannst den Garten nicht mit einem Blick übersehen. Obwohl Wege und Hecken ins Gerade weisen und in ihren realen Linien zu verfolgen sind, sollen sie sich verlieren im unendlichen Grün des illusionären Bildes. Die Grade löst Grenzen auf. Wenn die Linie auch auf eine gewollte Perspektive verweist, sie weist letztlich doch in die Ewigkeit."

„Du hast gesagt, du magst den englischen Garten nicht. Warum?"

„Im englischen Garten ist die gerade Linie aufgehoben. Es gibt nichts Gerades, nichts Eckiges. Man meinte, dass all dies der Natur widersprechen würde, in der es die geometrischen Formen eigentlich gar nicht gibt. Das ist sicher richtig. Aber ein Garten wird nicht dadurch natürlicher, dass man nur Rundungen zulässt. Ein Garten ist immer ein künstliches Gebilde, und wenn er gut gemacht ist, ist er Kunst. Und diese Kunst findet sich in Herrenhausen in vollkommener Form. Hier findest du eine Weltsicht."

„Aber ist diese Weltsicht nicht äußerst fraglich? Die beste aller möglichen Welten?"

Tina schüttelt den Kopf.

„Es ist eigentlich auch die Weltsicht der Gegenwart. Wenn wir Biologen in den molekularen Bereich vordringen oder wenn die Astrophysiker die Welt beschreiben, also wenn wir in das Kleinste und in das Größte vordringen, dann machen wir eine erstaunliche Entdeckung: Wären die chemischen, die physikalischen Grundlagen, die Gesetzmäßigkeiten, nach denen alles verläuft, auch nur geringfügig anders: Diese Welt würde nicht bestehen. Ich meine: Wir erkennen, dass alles nur unter genau den Voraussetzungen sein kann, die gegeben sind. Nur so kann die Welt sein. Vielleicht nicht die moralisch beste aller möglichen Welten, aber doch wohl die einzige aller möglichen Welten."

„Und der Einzelne mit all seinem Glück und seinem Leid? Mit seiner ganz einzigartigen Persönlichkeit?"

„... ist ein Teil des Ganzen. Und ist weise, wenn er das einsieht und in der Lage ist loszulassen, wenn es soweit ist."

Wir blicken von der Bühne auf das Auditorium. Tina spürt, dass sie mich nicht überzeugt hat. Sie steht auf und zieht mich hoch.

„Los. Lass uns weitergehen. Ich zeig dir die Welt von Leibniz und Sophie. Die einzige aller möglichen Welten."

Und sie führt mich aus dem Gartentheater hinaus in die Welt der nicht enden wollenden geraden Linien, die ins Unendliche verlaufen.

*

Es ist später Abend geworden. Der Zug hält in Wunstorf. Und bis Minden sind es einige Stationen. Meine Gedanken sind noch immer bei Leibniz und natürlich bei Tina. Sie hat mich mehr als zwei Stunden durch den Herrenhäuser Garten geführt, und dann doch noch durch den englischen, obwohl sie den nicht mag. Schließlich haben wir ein Café gefunden und über ihre Arbeit an der Uni gesprochen und dann noch einmal über Herrenhausen und die einzige mögliche aller Welten. Und über die Mystiker. Denn die Mystiker seien die einzigen, die ihr Leben angemessen auf die einzige aller möglichen Welten ausrichten würden, weil sie die Kunst des Loslassens einüben. So Tina. - Welch eine These!

Voltaire würde wahrscheinlich fluchen. Aber was genau würde er dagegensetzen?

Ich muss an Arouets letzte Mail denken. An seinen Prolog zu einem neuen „Candide". Die Hinweise auf eine große Verletzung. Der Pessimismus seiner Worte. Ein krasser Gegensatz zu dem, was Leibniz behauptet. Das ist vielleicht meine Chance: Endlich habe ich einen Ansatzpunkt, kann Arouet herausfordern, mehr Mosaiksteinchen preiszugeben. Noch zwanzig Minuten bis Minden. Ich habe also etwas Zeit, nehme einen Bleistift und formuliere die nächste Mail. Ich werde sie noch heute losschicken.

*

Mein lieber Arouet,

was auch immer Sie verletzt haben mag: Ist es Grund
genug, diese Welt zu verurteilen? Dass diese Welt nicht
vollkommen ist, mag hingehen - aber ist sie deshalb
abzulehnen? Ist es nicht vielmehr so, dass wir selbst zu
wenig verstehen, um das Ganze zu erfassen? Müssen
wir nicht notwendig in die Irre laufen, wenn wir die
Welt allein vor dem Hintergrund unseres einzelnen,
ganz individuellen Schicksals beurteilen? Verstehen Sie
mich nicht falsch. Kein Schmerz, kein Leid, keine Verzweiflung soll weggeredet werden. All dies ist unsere
Wirklichkeit. Aber müssen wir deshalb die Welt ableh-
nen, unsere Welt, unsere einzige Welt?
Bleiben auch Sie mir wohl gesonnen!

Ihr

„Sir Ralph"

*

Tags darauf finde ich einen großen Umschlag in meinem Briefkasten. Zu meiner großen Freude ist er von
Reiner. Es lässt mir keine Ruhe. Ich muss ihn sofort
öffnen. Auf der Terrasse setze ich mich in einen der
Holzstühle, reiße den Umschlag auf und beginne zu lesen:

Hallo Alter!
Das war keine einfache Aufgabe, die du mir da gestellt
hast. Ich hoffe aber, dass ich sie ganz gut gelöst habe.
Hier und da musste ich einfach meinen eigenen Senf
dazugeben, denn dieser Voltaire ist schon ein verrückter
Kerl. Ob Dein Arouet ähnlich denkt? Wenn er sich mit

ihm identifiziert, liegt das nahe. Nun, wie auch immer. Viel Spaß beim Lesen.

Ich lege das Anschreiben zur Seite und lese weiter ...

Voltaires Weltbild

Von Reiner

Beginnen wir mit dem Wesentlichen: Wenn Voltaire nicht gelogen hat - und das hat er häufig getan (Du siehst, es geht schon los mit den unpassenden Kommentaren) -, dann bewahrte er bis zu seinem Tod seinen Glauben an Gott und an den Wert von Religion. Er meint, es ist ebenso logisch, an einen intelligenten Geist im Universum zu glauben, wie zu vermuten, dass ein Uhrmacher eine Uhr gemacht hat. Und wie ein Uhrwerk funktioniert auch das Universum nach klaren Gesetzen. So gesehen gibt es keine Wunder. Dennoch ist Voltaire der Meinung, dass der Mensch in gewissem Rahmen durchaus einen freien Willen hat. Obwohl ihm gleichzeitig klar ist, dass das Wirken eines freien Willens eine solch mechanistische Welt, wie er sie sich vorstellt, durcheinanderbringen müsste. (Also wenn Du mich fragst: Hier weiß der Mann nicht, was er will.) Die menschliche Seele ist nach Voltaires Sicht an das Leben des Körpers gebunden und stirbt mit ihm.
Es gibt keine andere göttliche Offenbarung als die Natur. Religion hat ihr Gutes, vor allem als moralische Stütze für das einfache Volk, aber ein intelligenter Mensch braucht sie nicht. Außerdem ist Voltaire der Meinung, dass jeder Versuch des Menschen, diese Welt mit Hilfe seiner begrenzten Vernunft zu verstehen, zum Scheitern verurteilt ist. Es liegt nicht in unserer Macht. (Das finde ich gut.)
Voltaire hat einmal sehr präzise seine Sicht der wesentlichen Fragen allen Seins auf den Punkt gebracht. Er bezeichnet sich seit 1750 selbst als Theist, und in dem berühmten „Philosophischen Wörterbuch" schreibt er in

einem Artikel über den Theismus Folgendes: „ Der Theist ist ein Mensch, der fest von der Existenz eines höchsten Wesens überzeugt ist, das ebenso gut wie mächtig ist und alle Wesen gemacht hat, ihre Verbrechen ohne Grausamkeit bestraft (Wie soll das bloß gehen?) und ihre tugendhaften Handlungen mit Güte belohnt. Der Theist weiß nicht, wie Gott straft, wie er belohnt, wie er verzeiht; denn er bildet sich nicht ein, dass er weiß, wie Gott handelt; aber er weiß, dass Gott handelt und dass er gerecht ist." (Und da frag' ich mich, warum Voltaire in seinem „Candide" überhaupt gegen Leibniz wettert.)

Vom Christentum hält Voltaire so gut wir gar nichts. Er schreibt über die christliche Theologie: „Ich besitze zweihundert Bände über dieses Thema, und was schlimmer ist, ich habe sie gelesen. Man kommt sich vor wie im Irrenhaus." Was die Person Jesu angeht, wandelt sich Voltaires Meinung mit der Zeit. Eine Zeitlang hält er ihn für einen geistesgestörten Fanatiker. In seinen reiferen Jahren bewundert er seine ethischen Grundgedanken: „Liebe Gott und liebe deinen Nächsten wie dich selbst: Darin besteht die wahre Religion." Aber Voltaire sieht in Jesus nicht das Christentum. Er schreibt: „Jesus war sein ganzes Leben lang ein Anhänger der jüdischen Religion; er befolgt alle ihre Gebote, besucht den jüdischen Tempel, verkündet nichts, was dem jüdischen Gesetz zuwider ist, alle seine Jünger sind Juden, alle beachten die jüdischen Zeremonien. Er hat bestimmt nicht die christliche Religion begründet. Kein einziges Dogma des Christentums wurde von Jesus Christus gepredigt."

Da gibt es eine interessante Anekdote. Ob sie wahr ist, bleibt offen: Im Mai 1774, als er achtzig Jahre alt war, stand Voltaire noch vor der Morgendämmerung auf und erklomm mit seinen Freunden einen nahe gelegenen Hügel, um dem Sonnenaufgang beizuwohnen. Als er erschöpft oben ankam und ganz überwältigt war von der Pracht der triumphierenden Sonne, kniete er nieder und rief aus: „O allmächtiger Gott, ich glaube!" Aber als er wieder aufstand, drehte er sich zu seinen Freunden um und sagte: „Was den Herrn Sohn und die Frau Mutter angeht: Das ist eine Sache für sich."

Du siehst: Der Mann hatte bis ins hohe Alter Humor. Das gibt zu hoffen.

Voltaire hat im Alter aber auch eine andere, wenn Du willst ernste, ungesellige Seite. Ab 1758 lebt er sehr zurückgezogen auf seinem Anwesen in Ferney. Offenbar hat er von der Großstadt Paris und von den Königs- und Fürstenhöfen und dem, was man so „die Gesellschaft" nennt, die Nase voll. Der Mann „steigt aus". Er empfängt viele Gäste, aber ansonsten scheint er die Öffentlichkeit zu meiden und konzentriert sich einzig und allein auf das Schreiben. Sicher erklärt sich daraus sein umfangreiches Œuvre. (Dein Arouet könnte also auch jemand sein, der sich bewusst aus der Gesellschaft zurückzieht! Vielleicht aus einer großen Enttäuschung heraus oder weil er die allzu oft allzu verlogene Gesellschaft einfach nicht mehr ertragen kann oder will.) Dass Voltaire 1778 anlässlich eines Besuches in Paris erkrankt und stirbt, ist da fast eine Ironie des Schicksals.

Soweit also mein Einblick in die Voltairesche Persönlichkeit. Und nun viel Spaß beim Legen des Mosaiks und Durchschreiten des Labyrinths. Gruß! - Reiner

Semana Santa

Es ist Samstagvormittag. Um kurz vor 11 herrscht auf
dem Markt Hochbetrieb. Lena läuft vor mir an den
Ständen entlang auf der Suche nach Blumen. Wir brauchen aber eigentlich keine Blumen, sondern Tomaten,
Lauch, Salat, Radieschen, Schnittlauch, Äpfel und Nek-
tarinen. All das bekomme ich nicht an einem Stand,
und es lohnt sich ohnehin, überall einmal zu schauen
und zu vergleichen. Das tut auch Lena.
„Wir müssen Blumen für Mama mitnehmen!"
Das hat sie sich in den Kopf gesetzt, und nun läuft sie
von Stand zu Stand, zieht Blumen aus den Eimern, um
sie genauestens auf ihre Qualität zu prüfen. Ich komme
kaum hinterher, denn hier und dort kaufe ich etwas,
muss dann dafür sorgen, dass herausgerupfte Blumen
wieder zurückgestellt werden. Um festzustellen, dass
Lena schon beim nächsten Stand angekommen ist und
die Prozedur von neuem losgeht. Die Sache lässt sich
nur noch dadurch unter Kontrolle bringen, dass wir tatsächlich eine Rose kaufen, die Lena nun stolz mit sich
trägt. Das gibt mir kurzzeitig die Chance, die restlichen
Dinge einzukaufen. Dann zieht mich Lena zu sich her.
„Da ist Orgelmusik."
Ich höre genau hin. Direkt an den Markt grenzt die
Martinikirche, und tatsächlich kommt aus dieser Rich-
tung Musik.
Lena nimmt mich an die Hand und zieht mich dorthin.
Wir gehen durch die große Eingangstür, durchschreiten
die Vorhalle, schwenken links in das Hauptschiff und

hören die Orgel nun lautstark. Auf den Kirchenbänken haben Menschen Platz genommen, die aufmerksam der Musik lauschen. Wir setzen uns ebenfalls auf eine der Bänke und lauschen. Lena, die oft pausenlos plappert, ist ganz still, hört, schaut sich um und ist fasziniert von der Farbvielfalt der gotischen Fenster. Ich werfe einen Blick in das Informationsblatt, das ich am Eingang mitgenommen habe.

Den größten Teil des Orgelkonzertes haben wir bereits verpasst: Ein Präludium von Dietrich Buxtehude und ein sechsteiliges Werk für Orgel von Max Reger. Zum Schluss nun Präludium und Fuge h-moll von Johann Sebastian Bach. Ein rhythmisch und melodisch gestaltenreiches Thema wird entwickelt und dynamisch vorgetragen. Der Wegfall des Basspedals im mittleren Drittel gibt dem Ganzen eine spielerisch-heitere Wendung. Im dritten Teil stellt Bach dem Hauptthema ein zweites entgegen und kombiniert beide zu einem krönenden, fulminanten Abschluss. Es dauert einen Moment, bis Applaus einsetzt. Die Musik hat die Menschen ganz offensichtlich bewegt.

Beim Hinausgehen begegnet uns Linde. Er ist überrascht, auch Lena hier anzutreffen.

„Das machen Sie richtig, Herr Arcus, dass Sie die Kleine mitnehmen."

Erfreut schüttelt er zunächst Lena die Hand.

„Na, Lena. Hat dir das gefallen?"

Lena lächelt verschämt und läuft zur Kirchenpforte.

„Der Schein trügt. Nicht ich habe sie mit ins Konzert genommen, sondern sie mich. Lena hat die Musik vom Markt aus gehört."

Ich drücke Linde die Hand.

„Man wundert sich immer wieder, zu was Kinder in diesem Alter in der Lage sind", sagt er und schaut Lena nach, die den Ausgang erreicht hat und nun auf uns wartet. „Trinken wir bei Muhammad noch einen Mokka?"

„Fürchte, Lena wird uns da nicht lange Ruhe gönnen", antworte ich. „Gehen wir in die ‚Alte Münze'. Wir können draußen sitzen, und Lena hat den Brunnen und das Schaukelpferd."

Minuten später finden wir tatsächlich einen Platz vor der „Münze". Lena hat das Pferd erobert, ein Schaukeltier, das durch eine solide Stahlspirale mit dem Betonboden verbunden ist und waghalsige Bewegungen ermöglicht. Der Espresso kommt und eine Apfelschorle für Lena.

„Ja, bei Bach scheint die Welt in Ordnung zu sein", beginnt Linde. „Kreuz und Auferstehung. - Ich habe inzwischen die Kopie der letzten Arouet-Mail gelesen, die Sie mir vorgestern in den Briefkasten geworfen haben. Da scheint die Welt ja nicht mehr in Ordnung zu sein."

„Wie meinen Sie das?"

„Eine düster pessimistische Stimmung tut sich da auf. Und im konkreten Fall kann man das ja nur im Zusammenhang mit Ihrem Arouet deuten. Diese Mail steht für etwas, das Arouet - wohl über sich selbst - speziell Ihnen mitteilen will."

Lena kommt an den Tisch und nimmt sich ihre Apfelschorle. Ich greife Lindes Gedanken auf.

„Da schreibt offenbar jemand, der gründlich an seinem Leben zweifelt."

„Stimmt. Wobei dieser Zweifel durchaus ein Phänomen unserer Zeit ist. Aber auch früherer Zeiten."

„Wie meinen Sie das?"

„Ein Jahrhundert von Kriegen liegt hinter uns. Und wer weiß, wie das neue aussehen wird. In den Blutlachen der Weltkriege hat man zu zweifeln gelernt, an den Guten und Allmächtigen glauben zu können. Aber es hat viele Kriegs- und Krisenzeiten gegeben. In jedem Jahrhundert tragen die Menschen ihre Last, die sie am Sinn des Ganzen zweifeln lässt. Man findet diesen Zweifel schon im Alten Testament bei Hiob. Aber wo wir gerade das Konzert gehört haben: Wir finden es auch bei jedem tiefsinnigeren Komponisten. Auch bei Bach. Doch bei ihm siegt die Hoffnung über den Zweifel. Das meinte ich eben mit Kreuz - und Auferstehung."

„Jetzt verstehe ich. Ja, es ist immer der Tod, der uns an der Welt zweifeln lässt. Das Motiv findet sich in der Musik sehr früh. Die Gregorianik kennt es bereits. Aber auch in den mittelalterlichen Pilgergesängen ist es schon da. Etwa im „Llibre Vermell". Oder denken Sie nur an die schier unendliche Zahl von Totenmessen und Requien, die über die Jahrhunderte geschrieben wurden."

„Und gesungen wurde. Das hat die Menschen bewegt."
Linde winkt die Bedienung heran.

„Zwei Kristallweizen, bitte. Herr Arcus, Sie nehmen doch auch eins?"

„Ja. Gern."
Lena ist inzwischen am Brunnen und lässt sich Wasser durch die Hände laufen.

„Ihren Gedanken, über die Musik zu gehen, finde ich interessant", fahre ich fort. „Erinnern Sie sich noch an die Symphonie von Gorecki, die ich Ihnen vor Jahren gebrannt habe?"

„Aber ja. Die Symphonie der Klagelieder. Richtig. Die hat mich sehr beeindruckt. Drei großformatige, lange, schwere Sätze. Eine zerbrechliche Sopranstimme schwebt darüber. Und dennoch kein dissonanter Reizstoff, wie wir es ja sonst von den Modernen kennen. Und das Ganze auf der Grundlage von Texten verschiedener Jahrhunderte. Ja, ich glaube, der Kreis schließt sich."

„Wie meinen Sie das?"

„Ihr Arouet hat da eine Mail geschrieben, die genau diesen Sound hat, wenn ich das mal so sagen darf. Das Thema ist der Zweifel. Aber im Gegensatz zu Bach oder Gorecki und allen, die ihr ‚requiem aeternam dona eis, Domine' vertont haben, scheint mir Arouets Geschichte beim Zweifel stehen zu bleiben. Er will keine Hoffnung einschalten. Er erlebt die Welt und versucht einen Sinn in ihr zu finden, aber die Welt schweigt. Es gelingt ihm nicht, diese Welt auf ein vernünftiges Prinzip zurückzuführen. Er bleibt in seinem Zweifel, seiner Verzweiflung stehen. Er will nicht einsehen, dass die Würde des Menschen auch darin bestehen kann, dem Sinnlosen zu trotzen."

„Eine nachvollziehbare Haltung."

„Sicher. Aber uns stellt sich die Frage, was konkret ihn zu diesem Zweifel geführt hat. Und was Sie damit zu tun haben."

Ich schüttele den Kopf.

„Darauf weiß ich auch jetzt keine Antwort."

Das Weizen kommt.

Linde erhebt als erster das Glas.

„Herr Arcus. Dies hier ist ein deutliches Argument gegen den Zweifel."

Wir stoßen an. Lena sieht das und läuft herbei. Sie möchte auch mitmachen. Stolz hebt sie ihr Glas in die Höhe und freut sich unbändig, als drei Gläser mit einem „Prost" gegeneinanderstoßen.

*

Eine Woche später. Es ist ein warmer, klarer Juninachmittag. Die Sonne durchflutet mein Studio im 2. Stock. Die 2. Verfasserkorrektur ist geschafft. Ich habe mir selbst frei gegeben, denn Tage wie diese vertreiben die schweren Gedanken mit der Kraft des Sommers.

Ich habe wieder in dem alten Sessel vor den beiden Lautsprechern Platz genommen und höre Musik von Giovanni Gabrieli.

Gabrieli experimentierte damals mit dem Klang im Raum. Voraussetzung für seine Experimente war, dass San Marco in Venedig, dieser abendländisch-morgenländische Prachtbau, nicht nur eine Empore aufwies, sondern mehrere. Und mehrere Orgeln verteilten sich im Raum. Warum sollten es nicht auch die Chöre tun? Für seine „Sacrae symphoniae" verteilte er acht Chöre im Raum. Eine kolossale musikalische und räumliche Wirkung, die von meiner Stereoanlage beim besten Willen nicht adäquat wiedergegeben werden kann. Ich habe die Augen geschlossen, höre konzentriert in die Aufnahme hinein und versuche erst die Chöre als einzelne zu lokalisieren und dann das Gesamte zu erfassen. Es gelingt mir nicht auf Anhieb, und so höre ich die Aufnahme Mal für Mal. Ich folge den Gesangslinien, aber die scheinen mich trotz aller Gradlinigkeit in die Irre führen zu wollen. Eine Herrenhäusische Verwirrung.

„Hi! Was ist das?" höre ich einige Meter neben mir am Schreibtisch.

Irritiert falle ich aus der Musik. Und zugleich hoffe ich, wieder in den Zauber eintauchen zu können.

„Du, schau doch mal", höre ich aus gleicher Richtung. Nun bin ich endgültig draußen, ohne Chance auf baldige Rückkehr. Irritiert schaue ich zum Schreibtisch.

Vanessa sitzt dort am Computer. Ein Blick auf den Bildschirm zeigt mir, dass sie offenbar den Internet-Browser geladen hat. Ohne Hoffnung auf weiteres ungestörtes Hören gehe ich zum Schreibtisch.

„Was ist los? Was hast du? Stimmt was nicht?" frage ich.

Vanessa sieht gebannt auf den Bildschirm und schüttelt den Kopf.

„Nein, nein. Aber schau mal. Es ist wieder eine E-Mail gekommen.

*

François-Marie-Arouet@freenet.de to
LenaArcus@gmx.de

Mein lieber Freund,

von nun an bin ich für zwei Monate auf der Ile de Ré nahe La Rochelle in einem kleinen Hafenort namens St.

Martin. Dort kann ich keine E-Mails schreiben. Ich weiß, dass bald Ihre Ferien beginnen. Mein Wunsch mag ungewöhnlich sein, aber vielleicht nicht unmöglich. Haben Sie Lust, mich auf der Ile de Ré zu besuchen? Tun Sie es! Kommen Sie nach St. Martin! Sollten Sie dort sein, müssen Sie mich nicht suchen. Ich werde Sie finden.

Übrigens hoffe ich Sie mit meiner letzten Mail nicht verstört zu haben. An die heutige Mail ist eine Textdatei angehängt; die Kurzgeschichte eines Freundes. Möge sie Ihnen helfen, die Dinge zu erspüren.

Es grüßt Sie herzlichst
Ihr

Arouet

Anlage

Semana Santa

Mit dem zweiten Schlag des Cirio stemmten 36 Männer den Paso nach oben. Für die vielen hundert Menschen auf dem Vorplatz erschien es wie eine einzige gleichmäßige Bewegung, und sie applaudierten aus echter Begeisterung.

Der Zug war aus dem Hauptportal gekommen und hatte die Iglesia de Santa Victoria verlassen. Aus der Kirche folgten Gläubige, die die Prozession begleiten wollten.

Zunächst waren die Encapuchados herausgekommen. Sie hatten dafür gesorgt, dass die Menschen auf der Calle Juan Valeria einen Weg freihielten. Mit ihren weißen Kutten und den schwarzen, nach oben spitz zulaufenden Kapuzen machten sie den nötigen Eindruck, so dass die Leute meist von selbst zur Seite gegangen waren. Ein auffordernder Blick durch die beiden Augenschlitze der Kapuze tat das Übrige. Dann hatten die Glocken zu läuten begonnen, und der Paso der überlebensgroßen Figur des Jesus Nazareno war auf den Vorplatz getragen worden. Gleichzeitig hatten die Musiker mit ihren Trommeln und schrillen Trompeten zum ersten Mal die Bewegung des Zuges begleitet.

Miguel Romero konnte all das nicht sehen, da er mit den anderen Penitentes unter dem Paso verborgen war. Aber er kannte jedes Detail der Prozession seit seiner Kindheit. Und so war ihm auch der Schlag des Cirio in Fleisch und Blut übergegangen. Als der Capataz den Metallbalken am Wagen zum dritten Mal schlug und die Trommler erneut den Rhythmus vorgaben, setzten sich die 36 Männer mit langsamen, gleichmäßigen Schritten in Bewegung.

Die Menschen auf der Calle Juan Valeria sahen jetzt, wie der blumengeschmückte Paso sanft hin- und herwogte und langsam vorankam. Von den Penitentes unter dem Paso war nichts zu erkennen. Ein meterlanger Samtvorhang und ein Silberportal rund um das Podest verbargen die Träger. So erschien es den Zuschauern, als wenn der tonnenschwere Paso über der Straße schweben würde.

Alle Augen waren auf das Podest gerichtet. Umgeben von Blumen und Kerzen trug Jesus Nazareno dort das Kreuz. Sein Körper war ausgemergelt, von der Dornenkrone lief Blut, das Gesicht zeigte Schmerz und Leid. Schon bei leichter Bewegung des Paso schwankte dieser Aufbau hin und her.

Die Encapuchados an der Spitze der Prozession hatten die Calle Angel Saaverda erreicht. Der erste von ihnen trug das Banner seiner Cofradia. Ein gelbes Kreuz auf schwarzem Hintergrund war darauf zu sehen und die Worte „lux et vita". Die nachfolgenden Encapuchados trugen silberne Zepter oder lange Kerzen, die bei der jetzt anbrechenden Dunkelheit die Straße erleuchteten. Als auch der Paso in die Calle Angel Saaverda einbiegen musste, gab der Capataz brüllend Anweisungen an die unsichtbaren Träger. Die nachfolgenden Trompeter waren jedoch so laut, dass er die Kommandos durch

Klopfzeichen am Podest wiederholen musste. Die Männer darunter wurden zum ersten Mal unsicher. Wenn sie sich nicht gleichmäßig bewegten, konnte der Paso kippen. Das wusste auch Miguel, der die Last der Aufbauten schon nach den ersten 200 Metern deutlich im Nakken und auf den Schultern spürte. Und er wusste auch, dass man der Last keinesfalls nachgeben durfte, wie sehr die Schultern auch schmerzten.

Nachdem sie in der Calle Angel Saaverda eingebogen waren, konnten die Träger den Wagen zum ersten Mal absetzen. Die Musiker hinter ihnen hörten auf zu spielen, und die Encapuchados vor ihnen blieben stehen. Rechts und links neben dem Zug war kaum mehr Platz, so eng standen die Menschen in der Gasse. Die ersten Saetas wurden gesprochen. Frauen bekreuzigten sich.

Miguel konnte aus den vielen Stimmen um ihn herum hören, was vor sich ging. Etliche Male hatte er die Semana Santa erlebt. Er konnte sich noch erinnern, dass ihn sein Vater als Dreijährigen zu einer Prozession mitgenommen hatte. Wie heute war es der Montag der Semana Santa gewesen. Er hatte sich vor den Encapuchados und ihren geheimnisvollen Kapuzen gefürchtet. Richtig ängstlich war er jedoch geworden, als der Paso mit dem Jesus Nazareno durch die engen Gassen getragen wurde. Die Figur hatte fürchterlich ausgesehen. Miguel erinnerte sich, dass er damals zu weinen begonnen hatte. Noch schlimmer wurde es, als der Paso nähergekommen war. Sie mussten sich beide an eine Hauswand pressen, damit das Podest in der engen Gasse vorbeigetragen werden konnte. Miguel hatte geschrien, weil er das alles noch nicht verstand. Er war damals erst wieder zu beruhigen gewesen, als auch die Trompeter und Trommler vorbeigezogen waren. Dann hatten sie sich den zweiten Zug angesehen, den mit der Jungfrau Maria. Als Kind hatte Miguel den Paso mit der Maria Santissima immer als den schöneren empfunden. Erst später war ihm klar geworden, dass Jesus die wichtigere Figur war.

Der Capataz hatte erneut den Cirio geschlagen. Für die Penitentes war dies das Zeichen, dass es gleich weiterging. Sie konzentrierten sich wieder. Ein zweiter Schlag des Cirio, und die 36 Männer stemmten den Paso auf ihre Schultern. Ein dritter Schlag des Cirio. Die Trommler am Ende des Zuges gaben erneut den Rhythmus vor, und auch die Trompeter setzten ein. Die Träger schritten gleichmäßig voran und erhielten den Applaus der Menschen in der Gasse. Der Zug musste jetzt die Calle Baroso überqueren, um in die „Blanco Belmonte" zu kommen. Es ging fast geradeaus. Die Calle Blanco Belmonte war nicht sehr eng, aber die Menschen standen dicht gedrängt. Die Encapuchados hatten nun schon mehr zu tun, um den Weg freizumachen. Der Zug wurde dadurch langsamer, und als der Paso die Höhe der Calleja de las Flores erreicht hatte, gab der Capataz den Befehl zum Absetzen.

Miguel Romero spürte jetzt deutlich seine Schultern. Schweiß lief ihm den Rücken hinunter. Trotz angebrochener Dunkelheit war es noch warm. Miguel musste an die Encapuchados denken. Auch sie schwitzten jetzt unter ihren Kapuzen. Aber sie mussten nicht tragen und konnten sich zwischendurch Wasser geben lassen. Sie waren Mitglieder der Bruderschaft und mussten nicht tragen. Die Träger dagegen wurden bezahlt. Miguel brauchte das Geld dringend, und er wusste, dass er sich dafür den Rücken kaputt machen würde. Er erinnerte sich, dass es eine Zeit gegeben hatte, als er selbst Mitglied einer Cofradia werden wollte, aber es war nie die Möglichkeit da, und irgendwann hatte er den Gedanken aufgegeben. Wohl auch, weil er dem ganzen Rummel um die Semana Santa nichts mehr abgewinnen konnte.

Die Encapuchados hatten den Weg freigemacht. Es konnte weitergehen. Wieder wurde der Paso angehoben, wieder applaudierte die Menge, Trommeln und Trompeten setzten ein. Der Zug bog nach rechts in die Conde y Lugue und kam erneut zum Stehen.

Miguel wusste, dass jetzt zwei enge Gassen zu durchqueren waren, die „Lugue" und die „Deanes". Hier kam man oft kaum voran, weil der Paso fast die gesamte Breite der Gasse einnahm. Im Moment ging es nicht weiter. Miguel bemerkte den Schweiß der anderen Träger. Er konnte sie nicht sehen, aber er roch sie und er hörte sie, wenn sie unter dem Gewicht des Paso heftig atmeten. Sechs mal sechs Männer unter einem zwei Meter breiten und drei Meter langen Podest. Da stand man eng an eng, und beim Tragen durfte niemand nachlassen, sonst kippte der Paso. Miguel kannte die meisten der Träger. Einfache Männer waren das, mit Familie und einem kleinen Haus, das abzuzahlen war. Wie er brauchten sie die 10000 Pesetas, die für einen kaputten Rücken viel zu wenig waren. Wie er hielten nur noch wenige etwas von der Semana Santa. Aber wenn man ohne Arbeit war, trug man halt den Jesus Nazareno oder die Maria Santissima.

Es ging weiter. Der Capataz brüllte jetzt eine Anweisung nach der anderen, denn der Paso hatte in der engen Gasse nur noch wenig Raum. Die Menschen, die sich zwischen Paso und Hauswand zwängten, konnten eingequetscht werden. Es kam jetzt auf jeden Zentimeter an. Die Schritte der Penitentes wurden kürzer, die Bewegung des Zuges verlangsamte sich. Als Gefahr bestand, dass der Aufbau des Paso an einer Straßenlaterne festhaken würde, ließ der Capataz erneut absetzen.

Die Unruhe der Menschen in der Gasse war jetzt spürbar. Miguel konnte das an den Saetas erkennen, die nun immer öfter gesprochen wurden: „Jesus, bleib stark, halte aus!" wiederholte es sich in der Menge. Miguel, unsichtbar unter dem Paso, spürte nur die Schmerzen im Rücken und versuchte, die Muskeln zu entspannen. Er wusste, dass Gassen wie die „Lugue" schwierig waren. Man musste die Pausen nutzen, um Kraft zu sammeln. Draußen machten sich drei Männer mit Brechstangen an der Straßenlaterne zu schaffen. Sie war an der Hauswand in über zwei Meter Höhe angebracht.

Die Männer wurden von anderen hochgehoben, und es gelang ihnen nach anfänglichen Schwierigkeiten, den Käfig der Lampe einige Zentimeter zur Seite zu drükken. Das musste reichen. Der Capataz gab erneut Signal, den Paso anzuheben. Als dies geschehen war, befahl er, den Wagen leicht nach rechts zu kippen, um an der Laterne vorbeizukommen. Die Leute hielten den Atem an, denn das Manöver war gefährlich. Die Augen der Menschen leuchteten, wie bei der Corrida, wenn sich der Matador bei der Naharbeit in das Gebiet des Stieres wagt. Blitzlichter von Fotographen erhellten für Sekundenbruchteile die Nacht. Als der Paso die Laterne vorsichtig passiert hatte und wieder waagerecht lief, brach tosender Beifall los. Die Trommler gaben erneut den Rhythmus vor, und auch die Trompeter setzten wieder ein. Der Paso legte vorsichtig etwa 20 Meter zurück, dann ging es nicht mehr weiter. Die Encapuchados mussten erst die Gasse freimachen.

Miguel Romero brauchte jetzt jede dieser Zwangspausen, und er hörte schon seit einiger Zeit das Fluchen der anderen Männer, die ebenfalls die Grenzen ihrer Kraft zu spüren begannen. Miguel versuchte sich abzulenken, indem er an etwas anderes dachte, aber das einzige, was ihm jetzt einfiel, waren Gedanken an die nächsten Wochen. Als Kind hatte er auf dem Land mitgeholfen, und als er älter wurde, blieb er Landarbeiter wie sein Vater. Die Arbeit war hart gewesen, aber man konnte davon leben, bis die Dürre gekommen und die Arbeit weniger geworden war. Dann das Leben in der Stadt. Mit der Arbeit auf dem Bau hatte Miguel sich und seine Familie über Wasser gehalten, und auch die Raten für das kleine Haus waren immer irgendwie bezahlt worden. Aber jetzt war er draußen, und es sah so aus, als ob er nicht mal die 60 Tage zusammenbekommen würde, die man für die Arbeitslosenversicherung brauchte. Miguel nahm wieder die Hitze unter dem Wagen wahr. Er hatte jetzt Durst, aber an die Penitentes wurde kein Wasser gereicht. Das Schlagen des Cirio war zu hören. Beim zweiten Schlag drückte Miguel die Schultern nach oben.

Der Paso bewegte sich wieder. Aus der Conde y Lugue ging es nach links in die „Deanes". Auch hier kam der Zug nur langsam voran. Wieder musste eine der Straßenlaternen zur Seite gebogen werden. Kurzes Absetzen des Paso, erneutes Hochstemmen, leichte Neigung des Wagens nach rechts, vier Meter voran, den Wagen in die Waagerechte bringen und weiter. Die Trompeten klangen jetzt noch eindringlicher.

Als der Wagen links in die Juderia einbiegen sollte, stürzte vorn rechts einer der Träger. Ein Schreck ging durch die Menge. Für Sekunden schwankte Jesus Nazareno mit seinem Kreuz stark hin und her. Die anderen Penitentes hatten den Wagen aufgefangen und ausbalancieren können, aber auch ihnen war der Schreck in die Knochen gefahren, denn die meisten konnten nicht wissen, warum der Paso plötzlich nach vorn gekippt war. Der Capataz ließ absetzen, damit sich die Männer von diesem Schrecken erholen konnten. Der gestürzte Träger hatte sich ein Bein verletzt und wurde an die Straßenseite getragen. Jesus Nazareno schaukelte noch immer hin und her. Wieder wurden Saetas gesprochen: „Jesus, bleib stark, halte aus!", kam es von der Seite. Der Capataz ließ den Penitentes diesmal mehr Zeit. Der verletzte Träger wurde behandelt. Zwei Sanitäter kümmerten sich um ihn. Einer gab dem Capataz Zeichen, dass der Mann noch nicht weitermachen konnte. Aber die Prozession musste fortgesetzt werden. Der Capataz schlug den Cirio. Sekunden später war der Paso wieder angehoben und bewegte sich unter tosendem Beifall vorwärts. Der Zug bog rechts in die Calle de Torrijos ein.

Die Träger merkten die Abschüssigkeit der Straße sofort am stärkeren Druck auf die Unterschenkel, Das einzige, was Miguel jetzt noch Kraft gab, den Jesus Nazareno und sein Kreuz weiterzustemmen, war der Gedanke daran, dass sie am Ende dieser Straße abgelöst würden. Aber das waren noch 700 Meter. Miguel versuchte, nicht daran zu denken. Er wusste, dass links von ihm jetzt die Mezquita lag, die Mezquita, die ihn so oft in den Bann gezogen hatte. Es war angenehm, auf dem Vorplatz die Sonne zu genießen und im Innern durch die vielen hundert Torbögen zu gehen, bis zur Kathedrale, die man mitten in die alte Moschee hineingebaut hatte. Für Miguel war sie immer am falschen Ort gewesen, ein protziges, verschnörkeltes Mittelschiff inmitten zarter Säulenbögen, die einem anderen Gott geweiht waren. Aber die Mächtigen bestimmten den richtigen Gott.

Wieder Absetzen des Paso. Kurze Pause. Wieder die Saetas: „Jesus, bleib stark, halte aus!" Der Cirio. Anheben. Weiter ging es die Straße hinunter.

Die Last wurde jetzt unerträglich. Miguel kämpfte gegen seine Müdigkeit. Er versuchte, sich von den Schmerzen abzulenken. Wer war dieser Jesus Nazareno, der das Kreuz trug, fragte er sich. Ging er den Weg, den er gehen musste, so wie Miguel jetzt den Weg ging, den er gehen musste? Miguel kam nicht dazu, eine Antwort zu finden. Der Geruch von Kaffee lenkte ihn ab. Rechts musste jetzt das „Maimonides" gekommen sein, dachte er. Der Schweiß lief ihm unablässig den Rücken hinunter, und als das erneute Signal zum Absetzen kam, spürte er, dass seine Beine zitterten.

Als der Zug angehalten hatte, wurden den Encapuchados Wasserflaschen gereicht. Sie hoben die Kapuzen an und tranken. Kurze Zeit später gab der Capataz das Zeichen zum Weitergehen. Die Penitentes nahmen den Paso wieder hoch und fluchten, denn sie hatten kein Wasser bekommen, obwohl der Durst für sie nun unerträglich war. Der Zug ging am Westeingang der Mezquita vorbei. Die Geräusche auf der Straße wurden lauter, je mehr sich der Zug der Plaza Vallinas näherte.

Es kam der Augenblick, an dem Miguel nichts mehr spürte. Die Bewegungen liefen wie von selbst ab. Ein einziger großer Schmerz ging durch den Körper, und zugleich war da nichts mehr als eine große Leere. Im Rhythmus der Schritte nahm Miguel nur noch unbewusst wahr, dass sie die Höhe der Puerta de San Esteban erreicht hatten. Der Paso wurde abgesetzt, die Musik verstummte für kurze Zeit. Dann ging es weiter in einer Bewegung, die ohne Ende schien. Nachdem Miguel seinen Körper für einige Zeit wie betäubt vergessen hatte, kamen die Schmerzen nun um so stärker zurück. Es waren noch hundert, vielleicht hundertfünfzig Meter bis zur Ablösung. Die Neuen hatten es besser. Sie würden den Paso auf der alten Römerbrücke über den Guadalquivir tragen. Dort war immer ein angenehmer Luftzug. Die Gassen auf der anderen Seite des Flusses waren breiter, und die Abendluft würde jetzt ohnehin kühler werden.

Der Capataz gab noch einmal den Befehl zum Absetzen. Der Zug hatte die Mezquita fast hinter sich gelassen. Der Lärm der Autos auf der Ronda de Isasa mischte sich mit den Stimmen der Menschen in der Straße. Dann erneut der Cirio. Die Männer hoben an. Beifall wurde laut, und mit dem dritten Schlag und dem Rhythmus der Trommler setzte der Zug seinen Weg fort. Die Trompeten hallten von der Mauer der Mezquita zurück. Das Kopfsteinpflaster der Plaza Vallinas war für die Träger gefährlich. Noch einmal wurde die Straße sehr abschüssig, dann war der Torbogen erreicht und der Capataz ließ absetzen.

Die ersten Penitentes krochen unter dem Paso hervor, schleppten sich zum Straßenrand, Andere brauchten erst eine Weile, bis sie merkten, dass es vorbei war. Sie wurden von den neuen Trägern beiseite gedrängt, die jetzt den Paso übernahmen. Nach kurzer Zeit lagen oder saßen 35 Männer am Straßenrand. Sie hörten erneut den Schlag des Cirio, aber er galt nicht mehr ihnen.

Der Zug bewegte sich weiter voran. Wasserflaschen wurden gereicht. Die Männer am Straßenrand tranken gierig und gaben die Flaschen untereinander weiter. Die

Trompeter zogen an ihnen vorbei, dann die Trommler. Schließlich kamen die Menschen, die sich dem Zug angeschlossen hatten. Mit Blicken der Bewunderung sahen sie zu den Penitentes herüber.

Es dauerte einige Minuten, bis Miguel sich wieder bewegen wollte. Er hatte auf dem Rücken gelegen und richtete sich langsam auf. Neben sich sah er José Mandolaz aus der Calle Segovia liegen. Jose lag noch immer auf dem Rücken, aber als er Miguel erkannte, lächelte er.

„Wir haben's geschafft, nicht wahr?"

„Ja, wir haben's geschafft," antwortete Miguel.

José richtete sich auf. Beide saßen jetzt am Straßenrand, noch immer erschöpft, und sahen dem Zug hinterher. Die Encapuchados hatten den Puente Romano erreicht. Dann folgte auch der Paso in langsamer gleichmäßiger Bewegung. José und Miguel sahen dem Zug eine Weile nach, bis er die Brücke überquert und den Torre de la Calahorra erreicht hatte.

„Trinken wir noch was?" fragte José.

„Ja gut, lass uns gehen!"

Miguel stand auf, spürte die Schmerzen in Schultern und Beinen, hielt José die Hand entgegen und zog ihn hoch. Mit langsamen Schritten gingen sie in Richtung Mezquita, dann die Calle de Torrijos entlang. Sie erreichten das „Maimonides", holten sich dort eine Cerveza und setzten sich an den Straßenrand. José zündete erst Miguel und dann sich eine Zigarette an.

„Danke", sagte Miguel und nahm einen tiefen Zug.

Es war inzwischen kühler geworden. Die Beleuchtung der Mezquita erhellte auch die Straße, auf der beide noch vor einer halben Stunde den Paso getragen hatten. José sah in Richtung des Puente Romano. In der Ferne konnte man die Lichter der Prozession erkennen.

„Wir haben es jetzt besser als der Nazareno", sagte er.

„Wie sind fertig. Er muss sein Kreuz weitertragen."

Miguel nahm einen Schluck Cerveza und sah ebenfalls zur anderen Seite der Brücke.

„Das scheint nur so", sagte er. „Der Nazareno hat es hinter sich. Wir müssen weiter tragen."

José nickte. Schweigend genossen sie jetzt die Kühle der Nacht. Von Ferne hörte man das Einsetzen der Trompeter und den Rhythmus der Trommler. Auf der Straße flanierten noch immer Menschen, die sich lautstark unterhielten.

Die beiden Träger hatten ihr Bier ausgetrunken. Sie gingen noch einen Teil des Weges gemeinsam und verabschiedeten sich dann. Miguel lief allein weiter durch die Gassen.

Als er das Haus erreicht hatte, lagen alle schon im Schlaf. Miguel wollte niemanden wecken, und so legte er sich auf das Bett, ohne sich noch gewaschen zu haben. Er spürte seinen Rücken, bis der Schlaf ihn einholte.

Er träumte von den kargen Bergen der Serranio de Ronda, wo er als Kind gelebt hatte. Dann träumte er von einer Prozession. Der Zug bewegte sich an ihm vorbei. Zunächst kamen die Encapuchados. Von fern hörte man die Trompeter. Der Paso war abgesetzt worden, und nach kurzer Zeit schlug der Capataz zum ersten Mal den Cirio. Dann blickte Miguel zum Podest, doch dort waren keine Blumen und keine Kerzen. Auch der Nazareno mit dem Kreuz war nicht da. Das Podest war leer. Mit dem zweiten Schlag des Cirio stemmten 36 Männer den Paso nach oben. Für die vielen hundert Menschen auf dem Vorplatz war es wie eine einzige gleichmäßige Bewegung, und sie applaudierten aus echter Begeisterung.

La Cathédrale engloutie

Lena schaut aus dem Fenster: „Da! Ein Mond!"

(Tagebuch, 18.06.2000)

*

Am Abend kommt Vanessa vom Flughafen zurück. Sie hat Melanie abgeholt. Es gibt ein großes Hallo, und natürlich knuddelt Melanie zunächst ihr Patenkind Lena. Die beiden toben auf dem Rasen. Ich nutze die Zeit und lade den Wagen aus.

Wenig später beginne ich in der Küche Salat zu schneiden. Vanessa kommt hinzu. Sie hat sich frisch gemacht. Sie umarmt mich und schaut auf die Arbeitsplatte.

„Kommst du klar?"

„Ich finde den Mozzarella nicht."

„Im Kühlschrank. Im Gemüsefach. - Wie war der Ausflug mit Lena?"

Ich muss lächeln.

Sie hat mich ganz schön über den Markt gescheucht.

„Nicht schlecht. Und sonst?"

„Ich habe noch einmal die Kurzgeschichte von Arouet gelesen und seine Einladung auf die Ile de Ré."

„Hast du inzwischen herausbekommen, wo das ist?"

„An der Atlantikküste. Nahe La Rochelle."

Sie schaut mich an.

„Atlantikküste? Und? Willst du da hin?"

„Ich weiß es nicht. Das ist eine seltsame Sache. Ich muss drüber nachdenken."

„Aber wir stehen bei Katrina im Wort, dass wir sie in den Ferien in Arenys besuchen."

„Ja, das ist mir schon klar. Wahrscheinlich ist es eh völlig absurd, an die Atlantikküste zu fahren. Nur um dort vielleicht jemanden zu treffen, den man gar nicht kennt. Übrigens hast du inzwischen die Kurzgeschichte gelesen?"

Vanessa nimmt sich ein Holzbrett, ein Messer und beginnt Tomaten zu schneiden.

„Ja. Alles darin ist so tragisch. Das passt gar nicht so recht in die sonnendurchflutete Atmosphäre von Cordoba."

Ich blicke nach draußen, wo Lena und Melanie die letzten Sonnenstrahlen nutzen, um auf dem Rasen zu toben.

Vanessa hat die Tomaten geschnitten und gibt sie in eine Schale.

„Ich mag diesen Pessimismus nicht", sagt sie. „Wir können doch diese Fragen gar nicht beantworten. Aber warum dann Pessimismus? Wenn jemand leiden muss, dann kann ich diese Haltung verstehen, aber ansonsten gibt es ebenso viele Gründe, optimistisch zu sein."

„Wahrscheinlich leidet Arouet. Und das will er mir mitteilen."

Vanessa schaut mich an.

„Und wie sollst du ihm helfen? Und warum an der Atlantikküste?"

Die Tür zur Terrasse geht auf. Lena kommt herein gerannt.

„Abendbrotzeit!" ruft sie. „Ich will neben Mella sitzen."

*

Es ist fast zehn Uhr abends, als Lena eingeschlafen ist. Wir sitzen auf der Terrasse. Melanie erzählt von ihrem

Abitur, der Abschlussfahrt, der Entlassungsfeier. Schließlich will sie wissen, was es bei uns Neues gibt, und ich erzähle ihr über den rätselhaften Briefwechsel mit Arouet.

„Warum fahrt ihr nicht alle dorthin", meint Mella. „Die Ile de Ré ist wunderschön. Ich war im letzten Jahr mit meinen Eltern dort."

„Du warst dort?" frage ich neugierig.

„Ja. Man erreicht die Insel mit einer Fähre von La Rochelle aus. Es gibt mehrere kleine Orte, aber der schönste ist St. Martin mit seinem malerischen Hafen und den kleinen Gassen, die durch den Ort führen. Wenn man keine Lust auf den Trubel in den Ferienorten der Atlantikküste hat, dann ist man dort genau richtig."

„Wir können aber nicht dorthin", meint Vanessa. „Wir haben schon eine Einladung nach Arenys."

„Wo ist das?" will Mella wissen.

„Etwa dreißig Kilometer nördlich von Barcelona. An der Mittelmeerküste. Unsere Freundin Katrina hat dort ein Haus. Wir sind eingeladen."

„Und was denkst du?" Mella wendet sich an mich.

„Vanessa hat schon Recht."

„Aber du wirst das Rätsel nie lösen können, wenn du nicht auf die Ile de Ré fährst."

„Wer weiß. Vor allem: Wie soll ich da jemanden finden, den ich nicht kenne?"

„Er schreibt doch, dass er dich finden wird. Also, ich würde es drauf ankommen lassen. Wenn es nichts wird, habt ihr immerhin eine wunderschöne Insel gesehen."

Ich schaue zu Vanessa. Sie zuckt mit den Schultern und blickt etwas ratlos zurück.

„Vielleicht schreibt er ja noch einmal. Er kann doch nicht annehmen, dass man eben mal an die Atlantikküste fährt."

Melanie schmunzelt.

„Doch. Ich glaube, genau das erwartet er."

*

In der Nacht träume ich *unruhig. Ich finde mich am Meer wieder. Die Wellen laufen in unregelmäßigem Rhythmus am Strand aus. Ich spüre Salzwasser in der Nase. Dort sitze ich auf der Mauer eines Kastells und blicke hinaus aufs Meer. Eine unsichtbare Sonne wirft letzte Lichtstrahlen über den Horizont. Ich kann mich nicht bewegen, und es beunruhigt mich, dass ich nicht weiß, wo ich mich befinde. Dann spüre ich jemanden hinter mir, der in mein Ohr flüstert.*

„Hallo, mein Freund. Hör mir einen Augenblick zu. Stell dir Menschen vor in einer unterirdischen, höhlenartigen Behausung. Diese hat einen Zugang, der zum Tageslicht hinauf führt, so breit wie die ganze Höhle. In dieser Höhle sind die Menschen von Kindheit an so gefesselt, dass sie an Ort und Stelle bleiben und immer nur geradeaus schauen. Ihrer Fesseln wegen können sie den Kopf nicht herumdrehen. Licht aber erhalten sie von einem Feuer, das hinter ihnen weit oben in der Ferne brennt. Zwischen den Feuern und den Gefesselten aber führt oben ein Weg hin. Daran entlang denke dir eine kleine Mauer errichtet, wie die Schranke, die die Puppenspieler vor den Zuschauern aufbauen und über die hinweg sie ihre Kunststücke zeigen."

„Das hab ich vor Augen", höre ich mich sagen.

„Stelle dir nun längs der Mauer Menschen vor, die allerhand Gegenstände vorübertragen, so, dass sie über die Mauer hinausragen: Statuen von Menschen und anderen Lebewesen aus Stein und aus Holz und in vielfältiger Ausführung. Natürlich reden einige der Träger, andere schweigen."

„Ein seltsames Bild führst du da vor. Und seltsame Gefangene."

„Sie gleichen uns. Glaubst du, diese Menschen hätten von sich selbst und voneinander und von der Welt je etwas anderes zu sehen bekommen als die Schatten, die das Feuer auf die ihnen gegenüberliegende Seite der Höhle wirft?"

Ich versuche mich umzudrehen, aber es gelingt mir nicht. Die unbekannte Gestalt bleibt hinter mir.

„Willst du mir damit sagen, dass all das, was wir sehen, nicht die Wirklichkeit ist?"

„Warum sollte sie es sein?" antwortet die unbekannte Stimme. „Oder könntest du im Moment sicher sagen, ob du träumst oder ob du wach bist?"

„Ich bin wach."

„Aber nein. Du träumst. Und du träumst, dass dies die Wirklichkeit ist. Aber es ist nicht die Wirklichkeit. Hast du dir schon einmal überlegt, dass alles nur eine Simulation ist? Warum soll es dir besser gehen als den Figuren eines Computerspiels?"

„Ich kann selbst entscheiden. Die Figuren in einem Computerspiel sind nur programmiert oder werden gesteuert."

„Und du kannst frei entscheiden? Dann tu es? Dreh' deinen Kopf."

Ich versuche den Kopf zu drehen, um die Stimme hinter mir zu sehen, aber es gelingt mir nicht. Wie festgenagelt sitze ich auf der Mauer und blicke auf das Meer.

„Du könntest genauso gut fliegen wollen. Aber es geht nicht, wenn es nicht soll."

„Das ist kein Beweis", höre ich mich sagen. „Ich bin real. Beweis mir das Gegenteil."

„Schau nach vorn", sagt die unbekannte Stimme. „Was siehst du?"

„Das Meer", antworte ich.

„Eine Simulation", entgegnet die Stimme. „Die graphische Auflösung ist exzellent. So exzellent, dass du drauf hereinfällst. Es gibt keine Wirklichkeit."

„Und wer bist du, dass du das weißt? Bist du wirklich?"

„Was glaubst du?"

„Wenn du so viel mehr weißt als ich ..."

„Das Wissen allein genügt nicht. Wenn du verstanden hast, dass die Welt eine Simulation ist, dann wirst du versuchen, aus dieser Simulation herauszukommen in die wirkliche Welt."

„Und wie macht man das?"

„Du musst nach den Toren der Wahrnehmung suchen. Und du musst mutig sein, denn die Prätorianer wachen über die Tore der Wahrnehmung. Du musst sie besiegen."

„Seltsame Dinge erzählst du mir."

Die Stimme schweigt einen Moment, um dann fortzufahren.

„Ich bin gewohnt, dass man mir nicht glaubt."

„Was geschieht", höre ich mich fragen, „wenn man das Tor durchschritten hat? Wie sieht es aus in der wirklichen Welt?"

Die Stimme schweigt.

„Warum schweigst du? Bist du nicht gekommen, mir die Wahrheit zu sagen?"

„Nicht jede Wahrheit ist zu jeder Zeit angemessen", fährt die Stimme fort. „Du musst selbst weit genug sein. Wenn die Wahrheit keinen Spiegel in dir findet, bemerkst du sie nicht."

„Nur durch den Versuch kannst du erkennen, ob es soweit ist", höre ich mich antworten. „Also, versuche es. Wie sieht die wahre Welt auf der anderen Seite der Tore aus? Was bewachen die Prätorianer?"

„Die Welt jenseits der Tore ist ebenso wie die Welt davor."

Überrascht versuche ich erneut den Kopf zu drehen. Ohne Erfolg.

„Wenn das wahr ist", frage ich die unbekannte Stimme, „wer gibt dir dann die Gewissheit, dass die wahre Welt jenseits der Tore der Wahrnehmung nicht auch eine Simulation ist?"

„Niemand", antwortet die Stimme.

„Aber wo endet das? Ein Traum in einem Traum in einem Traum ...?"

Die Stimme schweigt.

„Was sagst du dazu?"

Die Stimme schweigt weiter.
Etwas berührt mich und ich schrecke hoch.
Als ich die Augen aufschlage, sehe ich, dass es bereits
hell ist, und Lena, die mich verschmitzt lächelnd an den
Füßen kitzelt.

*

Den ganzen Tag habe ich das Gefühl, nicht richtig
wach zu sein. Gegen Nachmittag kommen Vanessa,
Melanie und Lena aus der Stadt zurück. Sie tragen
mehrere Einkaufstüten herein. Wir essen zu Abend. Ich
habe Melanie versprochen, mit ihr auf die Expo zu fahren. Ab 19 Uhr kommt man preiswert auf das Gelände,
und diese Gelegenheit wollen wir uns nicht entgehen
lassen. Melanie überlegt, Architektur zu studieren, und
Architektur gibt es auf der Expo mehr als genug. Nach
einer Stunde Fahrt auf der A2 und dem Expo-Schnell-
weg sind wir in Laatzen. Die Sonne scheint jetzt
schwächer, aber es ist immer noch zu warm, geradezu
schwülwarm. Wir haben nicht viel Zeit, da die meisten
Länderpavillons gegen 22 Uhr schließen. Ich schlage
Melanie vor, sie zu einigen Pavillons zu führen, die ich
besonders mag. Sie ist einverstanden. So kommen wir
zunächst zum Gelände Nepals. Ein buddhistischer Tempel, ganz aus Holz gefertigt, mit einer Fülle filigraner
Schnitzarbeiten, ist aus Nepal nach Hannover transpor-
tiert worden. Wir setzen uns einen Moment in den
Kreuzgang und genießen die Ruhe, die man auf der
Expo meist vergeblich sucht. Bevor wir weitergehen,
lässt sich Melanie einen roten Punkt auf die Stirn ma-
len. Wir kommen an den ostasiatischen Länderpavillons
vorbei und gelangen in den Bereich der Themenpavil-
lons. Melanie hält mich immer wieder an, wenn es interessante Architektur gibt, und fotografiert. Als wir
den Planet of Visions erreichen, müssen wir feststellen,
dass man noch immer mit einer Stunde Wartezeit rechnen muss. Wir entscheiden uns dagegen und überqueren

die Brücke zum Südgelände. Auch am holländischen Pavillon eine Stunde Wartezeit. Aber das Wesentliche sieht man ohnehin von außen: einen Wald in zehn Meter Höhe über dem Gebäude, und darüber noch ein weiteres, geschlossenes Stockwerk. Im finnischen Pavillon haben wir mehr Glück. Keine Wartezeit. Wir betreten das Gebäude und gelangen in einen flurähnlichen Raum, der mit bunten Kinderzeichnungen ausgestattet ist. Videoinstallationen flimmern von den Wänden. Den nächsten Raum erreicht man über eine schmale Brücke, die ins Freie führt. Unter uns und um uns finnischer Wald. Dann geht es wieder ins Gebäude. Dort erwartet uns eine große Leinwand, auf der wir mit dicken Filzstiften unsere Namen eintragen können. In hundert Jahren soll die Leinwand erneut auf einer Expo ausgebreitet werden. Wir sind wieder im Freien, und ich möchte Melanie zum Pavillon der Vereinigten Arabischen Emirate führen, in dem man landestypische Speisen probieren und Wasserpfeife rauchen kann. Doch so weit kommen wir nicht. Melanie ist fasziniert vom ungarischen Pavillon. Er hat die Form einer riesengroßen Muschel, und die Dachkonstruktion ist fast vollständig aus Holz gefertigt. Melanie erklärt mir, wie schwer es ist, Holz so zu bearbeiten, damit man Rundungen solcher Präzision und Tragfähigkeit gewinnt. Die Architekten entdecken den Werkstoff Holz neu, und es entstehen Konstruktionen, die man bislang nicht für möglich gehalten hat. Wir schlendern zurück über die große Brücke. Es ist spät geworden, und schon seit einiger Zeit sind dunkle Wolken aufgezogen. Der Regen überrascht uns auf einer großen Freifläche. Plötzlich und in Massen fällt das Wasser herab. Plitschnass erreichen wir den Ausgang und flüchten weitere 200 Meter zum Auto. Es ist inzwischen fast Mitternacht, und wir beschließen zu fahren. Melanie versucht mit einem Handtuch ihre langen, dunkelbraunen Haare zu trocknen.

„Mist", flucht sie. „Hätte das nicht eine Stunde später losgehen können."

Ich kann mir ein Schmunzeln nicht verkneifen.

„Lach nicht! Du mit deinen kurzen Haaren hast natürlich keine Probleme."

„Dafür bist du schöner", entgegne ich. „Hier im Norden ist es eben etwas rauer als in München."

„Schmarn!" Melanie legt entnervt das Handtuch zur Seite.

„Hat es dir denn gefallen?" versuche ich sie abzulenken.

„Klar. Was fragst du? War doch genial."

„Und was hat dir besonders gefallen?"

„Das Natürliche der Architektur."

„Das Natürliche?"

„Na, du weist doch. Dass man mit den natürlichen Werkstoffen Formen herstellt, die es auch in der Natur gibt."

„Natur hin, Natur her. Das ist doch immer noch Architektur."

„Ja. Und?"

„Also ist es Kunst und nicht Natur."

Melanie schaut mich entgeistert an.

„Na und", kontert sie. „Das ist Architektur doch immer. Selbst wenn man mit den ursprünglichsten Materialien arbeitet und selbst wenn man als Künstler die bloße Realität darstellt."

„Ich versteh' nur Bahnhof."

„Ist doch einfach." Melanie schaut mich vorwurfsvoll an. „Nimm beispielsweise ein Gemälde, das - sagen wir - fotorealistisch ist. Zum Beispiel ‚Las Meninas' von Velázquez. Kennst du das?"

„Das Bild mit der Prinzessin und ihrem Hofstaat?"

„Genau das. Also, im Vordergrund siehst du die Prinzessin. Sie blickt dich an."

Ich muss lachen.

„Bleib mal ernst. Die drei Personen um sie herum tun das Gleiche. Dann ist da der Maler, der dich ansieht, aber zugleich sein Gemälde, das du nicht sehen kannst. Das Bild im Bild. Hinter dem Maler ein Spiegel. Darin sieht man die Eltern der Prinzessin. Sie müssen also wie du Betrachter sein, sind aber auch im Bild. Rechts oben steht eine junge dunkelhaarige Frau in der Tür, die mir übrigens sehr ähnlich sieht. Sie schaut ebenfalls zum Betrachter. Alles ist absolut realistisch dargestellt. Aber es ist nicht so recht klar, wie die Dinge zusammengehören, welchen Sinn das Ganze macht. Und genau das ist es. Velázquez will nicht etwas Konkretes darstellen, sondern die Kunst selbst. Er zeigt, wie sich die Kunst der Deutung entzieht."

„Und was hat das jetzt mit der Kunst und der Natur zu tun?"

„Wenn Künstler die Natur oder die Realität darstellen, ist das immer künstlich. Aber es ist einfach faszinierend, wenn sie auch das möglichst mit den Mitteln der Natur tun. Je weniger künstlich der Künstler vorgeht, um die Kunst als solche auszudrücken, desto genialer finde ich das."

Mella schaut zu mir herüber und merkt wohl an der Art, wie ich mich auf die Fahrt konzentriere, dass ich ihren Worten nicht folgen konnte.

„Verstehst du das nicht?" fragt sie.

„Wenn ich ehrlich bin: nicht so recht."

„Wieso kann man das nicht verstehen, das ist doch ganz klar. Vanessa würde das sofort verstehen."

Sie schaltet das Autoradio an, versucht noch einmal, mit dem Handtuch ihre Haare trocken zu bekommen, flucht, aber lächelt mich dann versöhnlich an.

*

Am nächsten Tag sitzen wir erst gegen halb elf am Frühstückstisch. Lena ist zwar schon um sieben aufgewacht und hat alle aus dem Schlaf geworfen, aber wir haben uns Zeit gelassen.

Lena möchte wieder neben Melanie sitzen, und überhaupt dauert es, bis jeder das auf dem Teller hat, was er haben möchte.

158

„Wie war es gestern?" fragt Vanessa.

Melanie schaut erst mich an und dann Vanessa.

„Thomas versteht nichts von Kunst."

Vanessa lächelt.

„Ja, das kommt vor."

„Von wegen", bemerke ich. „Unsere Patentante will Architektur studieren und versteht nicht den Unterschied zwischen Kunst und Natur."

Lena möchte sich einschalten.

„Was ist Kunst?" fragt sie.

Melanie schaut mich an und lacht.

Ich blicke zu Vanessa, und auch sie schmunzelt.

„Was ist Kunst?" will Lena nun endlich wissen.

Ich wage einen Versuch.

„Kunst ist, wenn jemand etwas ganz besonders Schönes macht, zum Beispiel ein ganz besonders schönes Bild."

Lena überlegt einen Moment.

„Sind meine Bilder auch schön?"

„Ja. Das sind sie."

Lena steht vom Tisch auf und sucht sich ihre Buntstifte und Papier.

„Übrigens, Katrina hat gestern angerufen", sagt Vanessa.

„Katrina?" fragt Lena. „Die wir besuchen?"

„Ja, genau die. Ich hab ihr die Sache mit Arouet geschildert, und sie hat einen Vorschlag gemacht."

„Und, klappt es doch mit der Ile de Ré?" fragt Melanie.

„Im Prinzip ja. Aber es wird reichlich kompliziert. Also: Wir wollten ja ursprünglich von Hannover nach Gerona fliegen, und Katrina holt uns ab. Sie hat folgendes vorgeschlagen: Sie fährt ohnehin früher mit dem Auto runter, weil sie das dort braucht."

Vanessa schaut mich an.

„Sie kann uns nicht alle mitnehmen, aber dich. Sie bleibt zunächst zwei Tage in Luxemburg, um dort eine Freundin zu treffen. Ideal wäre es, wenn du mit der Bahn dorthin kommst. Katrina würde dich dann nach La Rochelle fahren."

„Aber das ist doch ein riesiger Umweg. Sonst fährt sie doch über Dijon und Lyon."

„Ja, aber sie findet die Sache mit Arouet sehr spannend, und deshalb will sie dich fahren. Und sie will den Umweg damit verbinden, dass sie einige Orte ansteuert, die sie immer mal sehen wollte. Du musst dann selbst schauen, wie du von La Rochelle nach Arenys gelangst, aber sie meint, mit der Bahn kommst du über Bordeaux und Perpignan auch dorthin. Es dauert nur ein bisschen. Lena und ich fliegen wie geplant nach Gerona, und Katrina holt uns ab."

„Das klingt alles reichlich kompliziert", sage ich.

Melanie schaut mich an.

„Kompliziert? Was willst du? Einfacher kannst du es doch gar nicht haben."

„Aber eine Sache ist da schon noch", meint Vanessa. „Du kannst uns natürlich nicht endlos allein in Arenys sitzen lassen."

„Stimmt", meint Melanie. „Du musst dir ein Limit setzen."

„Was schlägst du vor?"

„Arouet schreibt, er wird dich finden", meint Melanie. „Also, ich würde sagen, zwei Tage und zwei Nächte solltest du ihm Zeit geben. Mehr nicht."

Vanessa überlegt kurz.

„Ja, das ist angemessen."

„Also gut", sage ich. „Zwei Tage und zwei Nächte."

Lena kommt zum Tisch zurück. Sie hat ein Bild gemalt und zeigt es Mella.

„Ist das Kunst?" fragt sie.

*

Eine Woche später sitze ich im Zug und fahre durch die Nacht. Ich versuche zu schlafen. Doch in Köln wache ich auf, weil der Zug längere Zeit hält. Südlich von Bonn geht die Route unmittelbar am Rhein entlang. Eine schöne Strecke, denn rechts und links sieht man

Berge, Burgruinen und malerische Dörfer. In der Nacht ist davon allerdings nur wenig zu erahnen. In Koblenz steige ich um. Von nun an geht es die Mosel entlang. Ich kann erneut einschlafen, aber ich träume sehr unruhig: *Da ist eine junge Frau. Sie nimmt eine Flasche Rotwein, entfernt den Korken, öffnet die Tür zum Balkon, sieht hinaus und nimmt einen Schluck.*

Draußen ist es drückend schwül. Dennoch geht sie hinaus auf den Balkon und schaut zu den dunklen Wolken, die am Himmel direkt über ihr stehen. Ein Blitz ist zu sehen, und Sekunden später hört sie ein dunkles Grollen.

Sie setzt sich auf den Boden, mit dem Rücken zur weißen Hauswand, und obwohl sich die raue Fläche des Mauerwerks schmerzhaft durch ihr dünnes, weißes Kleid drückt, bleibt sie so sitzen. Sie stellt die Weinflasche an die Seite und beobachtet, wie sich der Himmel verändert. Das Dunkelgrau der Wolken füllt nun den gesamten Horizont. Die junge Frau bemerkt, wie erste Regentropfen ihre Haut berühren. Sie lässt ihre Beine zu Boden gleiten, drückt sich mit dem Rücken gegen die Balkonwand. Dann nimmt sie einen Schluck aus der Flasche und behält sie in der Hand. Verzaubert wartet sie auf die Blitze, die den Horizont für Bruchteile von Sekunden erhellen. Die Abstände zwischen Blitzen und Donnergrollen verkürzen sich. Sie sieht über die Häuser zum Wald, der sich ebenfalls verdunkelt hat.

Dann setzt der Regen ein. Es ist ein warmer Regen. Doch nach der Hitze der letzten Tage empfindet sie ihn als Kühlung. Sie schließt die Augen und spürt, wie ihr Kleid den Regen auffängt, wie er an ihrer Haut entlangperlt und ihr Gesicht bedeckt. Gleichzeitig bemerkt sie, wie etwas Warmes die Innenseiten ihrer Schenkel entlang läuft. Sie lässt es gewähren, denn bald hat der Regen auch dies weggespült.

Dann lässt sie ihren Kopf nach vorne fallen. Die dunklen, nassen Haare bedecken ihr Gesicht. Noch immer lehnt sie mit dem Rücken an der rauen Hauswand. Als

der Regen in Strömen auf sie niederfällt, schlägt sie ih-
ren Kopf nach hinten gegen die Wand, einmal, zweimal,
dreimal, bis sie fühlt, dass es warm durch ihr Haar
läuft.
‚Ich will es so', denkt sie. ‚Ich will es so.'
Und noch einmal schlägt sie mit dem Hinterkopf gegen
die Wand, um Schmerz zu spüren. Dann blickt sie wie
betäubt durch den dichten Korridor des strömenden
warmen Regens. Sie nimmt einen Schluck aus der Rot-
weinflasche und gießt einen weiteren Schluck auf den
Boden. Das Rot des Weines vermischt sich schnell mit
dem herabfallenden Wasser. Sie beobachtet, wie der
aufschlagende Regen den Wein verteilt, ihn mit sich
zieht. Sie sieht, wie sich das Wasser zu kleinen Strömen
sammelt, seitlich zur Brüstung des Balkons läuft und in
kleinen Kaskaden hinabfällt.
Ich erwache in Trier, und die Welt erscheint mir un-
wirklich. Noch einmal wechsele ich den Zug, kann
noch etwas schlafen. Dann erreiche ich Luxemburg.

*

Ich lasse den Bahnhof hinter mir und versuche mich zu
orientieren, werfe den Rucksack über und marschiere
los zur Place d'Armes. Einige Male muss ich nach dem
Weg fragen, aber um neun Uhr bin ich da. Rund um
den Platz gibt es Cafés, aber ich finde Katrina schnell.
Sie winkt mir zu.
„Hallo, Weltreisender!" ruft sie. Katrina reicht mir die
Hand und stellt mich ihrer Freundin Britta vor. Ich nehme am Tisch Platz. Katrina erzählt Britta von meiner
rätselhaften Fahrt nach La Rochelle.
„Am meisten freue ich mich natürlich, dass ihr mich in
Arenys besucht", meint Katrina schließlich. „Aber es
interessiert mich natürlich auch, wie deine Geschichte
weitergeht."
„Ich fürchte nur, du wirst viel fahren müssen", entgeg-
ne ich.

„Das macht nichts", meint Katrina. „Wir können uns beim Fahren abwechseln. Außerdem habe ich noch ein paar sehr schöne Zwischenstopps vorgesehen. Lass dich überraschen. Und jetzt iss schnell was, damit wir loskommen. Der Tag wird lang."

Ich bestelle einen Mokka und ein kleines Frühstück. Britta und Katrina nutzen die Zeit, um noch ein wenig zu plaudern. Dann heißt es Abschied nehmen.

Um halb zehn rollt Katrinas Wagen bereits auf der A31 Richtung Metz. Dann geht es mit Tempo 130 über die A4 nach Reims. Manchmal müssen wir halten, um die Autobahngebühr zu zahlen, aber es ist der schnellste Weg. Und den nutzen wir, denn ab Reims geht es über die route national 31 nicht mehr ganz so schnell voran. Sie führt uns nach Compiegne und Beauvais. Katrina hat ein Ziel, das sie mir nicht verraten möchte. Der Tag meint es gut mit uns. Die Sonne scheint, blühende Felder ziehen rechts und links an uns vorbei, und da wir nicht mit anstrengenden Staus kämpfen müssen, haben wir genug Ruhe, über Vergangenes zu plaudern.

*

Wir haben frühen Nachmittag, und Katrina ist die Überraschung gelungen. Wir stehen vor der Westfassade der Kathedrale von Rouen. Und nachdem wir den ersten faszinierenden Eindruck auf uns haben wirken lassen, fällt es schwer, jede Einzelheit des üppigen Figurenschmucks und der verschiedenartigsten Ornamente zu erfassen. Ein Verwirrspiel der Sinne, erzeugt durch äußerste Präzision bis ins Detail. Im Innern der Kathedrale trennen wir uns, um eigene Beobachtungswege zu gehen. Ich bleibe im Mittelschiff und bewege mich langsam in Richtung Osten. Mir fällt auf, wie völlig klar, eindeutig und ohne Abweichung diese Kathedrale gebaut wurde. Rechts und links des Mittelschiffs ist alles bis ins Detail spiegelbildlich. Nur die Motivgestaltung der hohen gotischen Fenster unterscheidet sich.

In einem Café gegenüber der Westfront der Kathedrale treffen wir uns wieder und gönnen uns etwas Rast.

„Ich wollte die Kathedrale schon immer einmal sehen", sagt Katrina.

„Und? Hast du sie dir so vorgestellt?"

„Sie ist noch schöner, als ich es gedacht habe. Allein diese Westfront ist ein Traum. Vor vielen Jahren habe ich sie das erste Mal durch die Bilder Monets kennen gelernt. Monet bewohnte über drei Jahre hinweg ein Zimmer gegenüber der Westfront und hat sie immer wieder gemalt. Zu allen Jahreszeiten und bei unterschiedlichen Witterungen. Es müssen etwa 30 Bilder geworden sein. "

Sie nimmt einen Schluck Kaffee.

„Monet hat fast immer den gleichen Bildausschnitt. Mal taucht die Kathedrale geheimnisvoll aus dem Dunst auf, mal erblüht die Fassade in warmem Vormittagslicht oder beleben blitzend die letzten Strahlen der Abendsonne die feingliedrige Fassade."

„Er muss dieses Motiv sehr geliebt haben", vermute ich.

„Ja, er hat darin etwas gefunden, das ihm ermöglichte, vor allem eines darzustellen: den ewigen Fluss der Dinge."

„Also hat er gezeigt, dass die Kathedrale zu keiner Zeit die gleiche ist."

„Genau. Jeder, der sie ansieht, hat sein ganz eigenes Bild der Kathedrale. Und bloße Veränderungen des Lichts ändern auch unseren Sinneseindruck. Die Dinge sind nie gleich. Selbst etwas so Statisches und Grundsolides wie eine Kathedrale bleibt keinen Augenblick gleich. Nur für gewöhnlich ist uns das nicht bewusst."

Wir lassen die Westfassade eine Zeitlang auf uns wirken, und als wollten sich Katrinas Worte bestätigen, verdunkeln Wolken kurzzeitig die aufstrebenden gotischen Linien, um sie kurz darauf wieder freizugeben.

*

Katrina hat den Wagen auf die Landstraße gesteuert. Nach einigen Minuten kommen mir Zweifel, ob das der richtige Weg ist, aber sie versichert, dass alles in Ordnung sei. Ich solle mich überraschen lassen. So geht es die 982 entlang und dann auf eine Straße, die gar keine Bezeichnung mehr hat. Ein Ortsschild: Jumièges. Ein paar Häuser entlang der Durchgangsstraße. Ein großer Parkplatz, der wohl auch für Busse vorgesehen ist. Darauf zwei einsame Autos. Katrina hält, und wir steigen aus. Es ist später Nachmittag, die Sonne brennt nicht mehr ganz so stark. Wir überqueren die Straße, und erst jetzt sehe ich durch die Bäume steinerne Türme weit in die Höhe ragen. Dann wird es deutlicher: die Ruinen einer mächtigen Kirche. Die zwei Fassadentürme mögen wohl 40 Meter hoch sein. Das Mauerwerk des Mittelschiffes scheint intakt, aber Dachkonstruktion und Seitenschiffe sind zerstört. Als wir das Mittelschiff betreten, erwartet uns Stille, die hin und wieder von Spatzen unterbrochen wird, die zu Dutzenden im Mauerwerk nisten. Die romanischen Bögen vermitteln Gleichmaß und Ausgewogenheit. Zugleich wirkt alles geradezu mystisch und so intensiv, dass wir nicht zu sprechen wagen, solange wir uns in der Ruine aufhalten. Erst Minuten später, als wir die Ruine von außen überblicken können, traut sich Katrina wieder zu sprechen.

„Es gibt ein Klavierstück von Debussy. ‚Le Catedrale engloutie'. Die versunkene Kathedrale. - Hier ist sie."

*

Am späten Abend sind wir wieder unterwegs. Ich habe das Steuer übernommen, damit Katrina schlafen kann. Von nun an bleiben wir auf der Autobahn: A13 Richtung Süden. A 10 bis Orléans. Weiter nach Tours und Poitiers. Ein langer, endloser Schlauch durch die Nacht, so scheint mir die Strecke. Gegen fünf Uhr morgens erreichen wir die Abfahrt La Rochelle-Niort. Weiter geht es über die rue national 11. Kurz vor La Rochelle erwacht Katrina. Sie hilft mir den Weg nach La Pallice zu finden. La Rochelle ist keine schöne Stadt und La Pallice erst recht kein schöner Hafen. Lagerhallen und vernachlässigte Gebäude, wohin man sieht. Unmittelbar am Kai finden wir ein Restaurant und parken davor. Ich setze mich draußen an einen der Tische, während Katrina drinnen nach dem Kellner sucht.

„Gleich geht es los", sagt sie, als sie neben mir Platz genommen hat. „Ich habe ein besonders großes Frühstück und einen besonders starken Kaffee bestellt."

„Genau das brauche ich jetzt."

„Sind wir hier im Hafen richtig?"

„Ja. Von La Pallice geht eine Fähre. Konntest du gut schlafen?"

„Ich bin fit. Und wenn ich nachher gut an Bordeaux und Toulouse vorbeikomme, bin ich am Nachmittag in Perpignan und abends zu Hause in Arenys."

Ich schaue sie an.

„Danke."

„Wofür?" fragt Katrina.

„Dafür, dass du einen riesigen Umweg fährst. Für einen Verrückten wie mich."

„Ach, das ist nicht so schlimm. Dafür habe ich gestern viel gesehen, was ich mir schon immer erträumt hatte. Wichtig ist, dass du Erfolg hast und bald nachkommst. In zwei Tagen landen deine Mädchen in Gerona. Lass uns nicht zu lange warten. Ich habe viel vor mit euch."

„Versprochen. Entweder ich finde Arouet in den nächsten zwei Tagen, oder das Ganze war vergeblich."

„Ich drück dir die Daumen."

Das Frühstück kommt und es ist so, wie Katrina es versprochen hat. Wir lassen uns Zeit.

Aber gegen neun Uhr treibt es Katrina doch weiter. Sie will unbedingt noch am Abend ankommen, in dem Haus, das sie schon so lange liebt.

Wir verabschieden uns herzlich und mit vielen guten Wünschen. Katrina winkt ein letztes Mal, als sie ihren Wagen den Kai entlang beschleunigt.

Ré

Etwa eine Meile vor dem Hafen drosselt das kleine Fährschiff den Motor. Die See ist ruhig, keine Wolke am Himmel. Ich erkenne eine große Zitadelle und rechts davon St. Martin. Der Motor läuft langsam und gleichmäßig. Dann sehe ich, dass der Hafen von St. Martin ringförmig angelegt ist. Nach der Passage der Einfahrt gelangen wir über die rechte Ringseite zu den Anlegern. Links liegen die einheimischen Fischerboote. Ein Signal wechselt von rot nach grün. Die Durchfahrt ist freigegeben. Das Fährschiff nähert sich der Promenade von St. Martin. Der kleine Ort wirkt auf den ersten Blick nicht wie ein Atlantikhafen. Die Architektur der Häuser, die Farben weiß und blau - all das erinnert an die Inseln der Ägäis.

Nachdem das Boot angelegt hat, beschließe ich, einen Blick in den Ort zu werfen und mir eine Unterkunft zu suchen. Als ich über die Promenade die ersten Gassen erreiche, spüre ich, dass die Sonne stärker wird.

In den kleinen Gassen beginnt jetzt erst der Tag. Läden und Boutiquen haben zum Teil noch geschlossen. Rechts und links der Häuserfassaden wachsen Stockrosen empor. In den kleinen Gassen können sie sich ungehindert ausbreiten. Nahe der Kirche entdecke ich inmitten der Gassen eine Pension und habe großes Glück. Das Zimmer ist mit 200 Francs nicht eben preiswert, aber ich bin froh, überhaupt etwas bekommen zu haben. Ich bringe meinen Rucksack aufs Zimmer, mache mich frisch und schlendere durch die Gassen, zurück zum Hafen.

Wie soll ich Arouet hier finden? Wie kann er mich finden? Wo würde er suchen?

Auf der Hafenpromenade werfe ich einen Blick auf die Restaurants und Bars. Wenn man gesehen werden will, muss man hier sitzen, mit dem Blick auf den Hafen.

Schließlich entscheide ich mich für das „Les Colonnes". Die Korbstühle, die kleinen Tische mit runden Marmorplatten, der Blick auf den Hafen, all das tut gut. Zum Pastis gibt es eine Schale Oliven.

Ich blicke eine Weile auf die Boote. Mir fällt auf, dass das Wasser im Hafen jetzt tiefer steht. Ebbe und Flut zeigen auch hier ihre Wirkung, und am Nachmittag wird manches Boot auf dem Kiel stehen. Später bemerke ich, dass einige Schiffer diese Gelegenheit nutzen, um den Rumpf ihres Bootes zu reinigen.

Auf der Promenade sieht man nun nicht nur die Leute, die ihren Geschäften nachgehen, sondern auch Menschen, die Zeit zum Schlendern haben, die schauen wollen und sich gerne zeigen.

Ich lasse mir die Karte des Hauses bringen. Beim Durchblättern erfahre ich, dass das „Colonnes" auch ein Hotel ist. Tagespreis 250 Francs. Ich bestelle einen großen Salat.

Mehr und mehr Menschen kommen und gehen. Aber niemand bleibt stehen oder spricht mich an. Niemand, der mich längere Zeit beobachtet. Nach zwei Stunden zahle ich und wähle erneut den Weg in die kleinen Gassen des Ortes.

Hier herrscht inzwischen reges Treiben. Die Touristen sind da - aus La Rochelle und den anderen Orten der Insel. Alle Läden haben nun geöffnet. Ich schaue mich um, kann mich jedoch nicht entscheiden, etwas zu kaufen. Als ich zur Kirche von St. Martin gelange und durch das Portal trete, empfängt mich angenehme Stille. Ich nehme auf einer der Holzbänke Platz und versuche eine Weile an nichts zu denken. Es ist angenehm kühl hier. Kein Geräusch dringt von draußen herein. Ich betrachte eine Weile die Gemälde - es sind nur wenige - und die karge Architektur. Hier kann man das Einfache, Unaufdringliche finden. Meine Gedanken kommen zur Ruhe. Mein Blick fängt sich in der Reflexion eines Kirchenfensters. Für einen Moment scheint der Lichtstrahl das Glas völlig zu durchdringen. Mein Blick hält stand, bis die Intensität nicht mehr zu ertragen ist. Dann wende ich meinen Kopf zur Seite, dorthin, wo ich Dunkelheit erwarte. Aber die Intensität des Lichtstrahls wirkt nach, so als wäre ich in Helligkeit erblindet. Ich schließe die Augen und es ist immer noch hell. Ich höre in die Stille hinein, und da ist die Tiefe des Raumes.

Es dauert Minuten, bis ich wieder um mich schaue. Mir wird bewusst, dass ich müde geworden bin. Ich verlasse die Kirche und gehe zurück zur Pension.

*

Der Schlaf hat gut getan. Er war traumlos. Gegen Abend schlendere ich erneut durch die Gassen von St. Martin. Bei „Marotte" im Tabakladen kaufe ich eine Zeitung. Dann geht es weiter kreuz und quer durch das Labyrinth der Läden und Stockrosen. Schon wieder ein Labyrinth. Wird der Weg mich endlich ans Ziel bringen? Oder geht er wieder am Zentrum vorbei? Ich erreiche die alte Zitadelle, neben dem Hafen, direkt am Wasser gelegen. Dort setze ich mich auf die Mauer und blicke auf die Weite des Meeres. Noch immer keine Wolke am Himmel. Das Wasser reflektiert das Licht, aber die Augen schmerzen nicht mehr, wenn man hinschaut. Die Hitze des Tages lässt sich noch in den Steinen spüren. Dort hat sie ein erträgliches, ja angenehmes, den Sinnen wohltuendes Maß angenommen. Als es langsam dunkel wird, gehe ich zum Hafen zurück.

Gegen Abend sind es nicht mehr die Touristen, sondern Einheimische, die man an der Bar findet. Ich nehme an einem der Tische Platz und bestelle ein „Kronenbourg

Gold". Dann beobachte ich die Menschen, wie ich es in solchen Augenblicken immer gern tue.

Fast alle Tische sind besetzt. Kaum jemand ist allein. Ich höre Gesprächsfetzen. Die Leute sprechen darüber, was am Tag geschehen ist, und über Zukunftspläne. Einige Fischer sind an der Bar und lassen sich jetzt den Pastis schmecken. Verkäuferinnen aus den Boutiquen unterhalten sich lautstark und lachen. Der Kellner hat viel zu tun.

Ich werde auf eine junge Frau aufmerksam, die allein an einem der hinteren Tische sitzt. Sie hat mich kurz gemustert, meinen Blick erwidert, um sich dann wieder ihrem Pastis zuzuwenden.

Eine ganze Weile beobachte ich die Menschen an der Bar und auf der Promenade. Es ist schön, hier zu sein. Nach den beiden anstrengenden Tagen unterwegs tut das gut. Als ich wieder zu der jungen Frau hinüber schaue, erwidert sie meinen Blick mit einem Lächeln, und obwohl ich in solchen Situationen immer etwas unbeholfen bin, halte ich den Blick und nehme nach einer Weile mein Glas und gehe langsam zu ihrem Tisch.

„Votre sourire est contagieux. Puis-je m'asseoir à côté de vous?" Mir wird bewusst, wie schlecht mein Französisch ist und dass solche ersten Sätze wohl immer ziemlich dumm sind. Sie hat sich im Stuhl etwas aufgerichtet, und ihr erneutes Lächeln verrät, dass sie meine Unbeholfenheit durchaus amüsant findet.

„Gern, nimm Platz", sagt sie in fast akzentfreiem Deutsch. „Aber vergiss das mit dem förmlichen Sie. Ich heiße Celine."

„Ich habe dich noch nie hier gesehen."

„Stimmt. Ich bin erst heute angekommen. Ich heiße Thomas."

„Wo sind deine Freunde, Thomas?"

„Ich bin allein hier."

Ich erzähle ihr von der Fahrt quer durch ganz Frankreich. Davon, dass ich hier jemanden treffen will, den ich eigentlich nicht kenne.

Celine streicht sich durch das schulterlange Haar. Sie trägt zur Jeans nur ein schwarzes T-Shirt und eine kurze Lederjacke, in der gleichen dunkelbraunen Farbe wie ihr Haar. Während ich erzähle, hat sie sich eine Zigarette angezündet.

Sie erfährt von den seltsamen E-Mails, von den Mosaiksteinen, die Arouet ausgelegt hat, vom Labyrinth der Wege und Irrwege. Aufmerksam folgt sie meiner Erzählung.

„Eine seltsame Geschichte, die du erzählst", sagt Celine schließlich. „Glaubst du denn ernsthaft, du könntest ihn hier finden?"

„Es ist schon ein wenig verrückt, daran zu glauben. Ich gebe ihm zwei Tage Zeit. Bis dahin muss er mich gefunden haben. Wenn er es wirklich ernst meint. Danach muss ich aufbrechen, nach Spanien."

„Wirst du dort erwartet?"

„Ja. Mehr Zeit bleibt mir nicht."

Ich möchte etwas über Celine erfahren.

„Und du? Lebst du hier in St. Martin?"

„Ich arbeite nur im Sommer hier", sagt Celine. „Und diesmal bin ich geradezu hierher geflüchtet, weil ich mit meinem Freund Schluss gemacht habe."

Sie blickt einen Moment auf das Meer.

„Es ist irgendwie immer das Gleiche", fährt sie fort.

„Was meinst du?"

Celine nimmt einen Zug.

„Zusammenleben ist eine schwierige Sache. Vielleicht geht es ja gar nicht, und wir machen uns etwas vor. Wir lassen uns fallen, und plötzlich ersticken wir. Nichts bleibt das Gleiche, alles ändert sich. Und wir auch. Auf was willst du bauen?"

Sie überrascht mich. Ich bin nicht überzeugt von dem, was sie sagt.

„Und wenn es doch gut läuft? Machen wir uns dann nur etwas vor?"

„Es ist nur eine Frage der Zeit", antwortet Celine. „Wie alles. Und es tut immer weh."

Celine verliert sich einen Moment in Gedanken. Dann drückt sie ihre Zigarette aus und sieht mich an.

„Der Abend ist zu schön für dieses Thema."

Sie erzählt von ihrem Atelier, vom Kunsthandel, von eigenen Bildern, und als es bereits dunkel geworden ist, spricht sie über die Farben und Gerüche der Ile de Ré, den intensiven Schatten, den die Sonne hier am Abend wirft, und die Weite des Meeres. Der Aschenbecher wird voller. Und es bleibt längst nicht bei einem Pastis.

Ich spüre dieses leichte Kribbeln, wie immer in solchen Situationen, und als Celine vorschlägt, noch ein bisschen durch den Hafen zu gehen, bin ich einverstanden.

Als wir an den Booten entlang schlendern und uns über die vielen, oft nichtssagenden Namen amüsieren, hat Celine längst meine Hand ergriffen. Wir scherzen und springen hin und her über die Begrenzungsketten am Kai.

*

Wir erreichen die Zitadelle, setzen uns auf die große Mauer, blicken eine ganze Weile hinaus auf das Wasser und betrachten das reflektierende Licht der Boote.

„Du denkst, es ist immer das gleiche Meer", sagt Celine. „Aber es ist jeden Tag neu und immer anders."

Ich verstehe ihre Worte. Sie lächelt mir zu und lässt mich zum ersten Mal ihren Körper spüren.

„Lass uns gehen", sagt sie.

*

Wir schlendern erneut durch die Gassen, die noch immer sehr belebt sind. Auf dem Weg kauft Celine eine Flasche Wein und Zigaretten. Viele Boutiquen haben noch geöffnet, aber sie blickt nur flüchtig in die Schaufenster. Dann führt sie mich nach rechts in eine der ruhigen Gassen. Kaum sind wir einige Meter gegangen, lehnt sie sich an die Wand und zieht mich zu sich. Unsere Lippen treffen sich. Meine Finger ertasten unter der Lederjacke ihr T-Shirt und ich spüre, dass ein leichtes Zittern durch ihren Körper geht. Sie schaut mich an, lächelt, schließt die Augen und genießt es, dass ich ihr den Hals küsse und meine Zunge an der pulsierenden Ader entlanglaufen lasse. Dann drückt sie mich sanft zurück, nimmt meine Hand und wir gehen wenige Meter zu einer Tür, die von Stockrosen umrankt ist. Celine öffnet. Ich folge ihr ins Haus.

Wir betreten das Atelier. Celine entzündet eine Kerze. Im Raum viele Ölgemälde. Abstrakte Formen, intensive Farben. Ich meine das Blau des Meeres zu erspüren. Sie führt mich weiter in ein Zimmer, in dem sich nur eine große rote Couch und eine Glasvitrine befinden.

Sie entzündet drei Kerzen, die auf dem Holzboden stehen, kommt dann zu mir und umarmt mich. Ich spüre den Duft ihrer Haut, den Hauch ihres Atems, den zarten Fall ihres Haars. Sie löst sich wieder von mir.

„Einen Moment", flüstert sie, geht in den Nebenraum und kommt Sekunden später wieder, mit zwei Gläsern, die fast bis zum Rand mit Rotwein gefüllt sind. Wir stoßen an, ohne ein Wort zu sagen, stellen unsere Gläser auf dem Boden ab. Unsere Hände finden sich. Ich spüre, dass Celine unter der Lederjacke nackt ist und muss lächeln. Sie bemerkt es. Ihre Augen leuchten, erwidern meinen Blick. Dann küsst sie mich, lässt mich ihre Zunge spüren, hält mich. Ich ertaste ihre zarte, warme Haut, spüre, dass erneut ein fast unmerkliches Zittern durch ihren Körper geht. Langsam lasse ich meine Hände abwärts wandern. Wieder schaut sie mich an, schließt dann die Augen und genießt, was mit ihr geschieht. Bis sie selbst Haut spüren will, mir den Hals küsst, bis ihre Zunge langsam an mir hinabwandert.

*

Celine liegt neben mir und hat den Kopf an meine Schulter gelehnt. Das Haar verdeckt ihre Gesichtzüge, aber ich spüre auch so, dass ihr Körper ganz entspannt, ganz zur Ruhe gekommen ist. Ich höre auf die Geräusche von draußen. Die Zikaden. Wind, der vom Meer herüberkommt. Ich öffne die Augen und blicke über Celine hinweg auf eine der Kerzen, die den Raum in sanftes Licht tauchen. Sie flackert unruhig.

Celine bewegt sich etwas. Der Duft ihrer Haut betört mich. Ich richte mich auf, um zu sehen, wie sich die Linien ihres Haars auf der dunklen Haut aufzulösen scheinen, in eins übergehen. Celine bewegt sich. Sie öffnet die Augen und schaut mich an. Als ich etwas sagen will, richtet sie sich schnell auf und hält mir den Zeigefinger vor den Mund, ersetzt ihn bald durch ihre Lippen, ihre Zunge.

Sie greift hinter sich, nach dem noch halbvollen Glas, nimmt einen Schluck, lässt sich dann einige Tropfen über die Zunge laufen, lehnt sich etwas zurück, gießt sich Wein auf die Haut, der langsam ihren Körper hinabläuft.

„Für dich", flüstert sie.

*

Als ich erwache, bemerke ich, dass Celine nicht mehr neben mir liegt. Ich öffne langsam die Augen und das Sonnenlicht blendet mich. Langsam kommt mein Körper zu sich. Von irgendwoher schwebt Kaffeeduft heran. Das belebt. Ich setze mich aufrecht und schaue mich um. Die Kerzen sind gelöscht und zwei leere Rotweingläser stehen auf dem Boden. Celine muss bemerkt haben, dass ich wach geworden bin. Sie kommt aus dem Atelier herein, bleibt in der Tür stehen, lehnt sich mit dem Ellenbogen an einen der Türpfosten und lächelt mich an.

„Na, endlich ausgeschlafen?"

Sie hat sich den Bademantel nur flüchtig übergeworfen. Die Ebenmäßigkeit ihres schlanken Körpers und die Geschmeidigkeit ihrer Bewegungen ziehen mich erneut

174

in den Bann. Celine bemerkt das, kommt auf mich zu, setzt sich vor mir auf den Holzboden, nicht ohne dabei den schwarzen Bademantel auf einer Seite herabfallen zu lassen.
Dann schaut sie mir provozierend in die Augen.
„Kaffee?"
„Später", antworte ich.

*

Später sitzen wir auf der Veranda in einem kleinen Innenhof. Zwei Holzstühle. Ein runder Tisch. Rings um die Veranda blüht es in allen Farben. Auch die Bewohner der angrenzenden Häuser haben ihren Teil des Innenhofes üppig bepflanzt. Aber ihnen fehlt heute die Muße für ein ausgedehntes Frühstück. Celine hat in der nahegelegenen Bäckerei Baguette und Käse besorgt. Während ich mich darüber hermache, zündet sie sich zunächst eine Zigarette an und genießt dazu den Kaffee. Sie fährt sich mit der Hand durch das Haar und schaut mir zu.
„Hungrig?"
„Etwas", erwidere ich und muss schmunzeln.
Sie lehnt sich zurück, schließt die Augen und genießt die Sonnenstrahlen.
„So könnte es heute den ganzen Tag sein."
Ich habe inzwischen jegliches Zeitgefühl verloren. Die Sonne steht fast senkrecht. Es wird Mittag sein. Ich höre die Menschen in der Straße, ein Moped, dass die Gasse herauf knattert, von ferne die Möwen. Die unterschiedlichsten Düfte erreichen mich, aber ich kann sie nicht auseinanderhalten. Celine hat noch immer die Augen geschlossen. Als sie bemerkt, dass ihre Zigarette zu Ende geht, richtet sie sich auf, um sie auszudrücken. Sie stellt ihre Tasse auf dem Tisch ab und blickt mich an.
„Hast du mir noch etwas übrig gelassen?"

Ich reiche ihr das Baguette. Sie reißt sich ein Stück ab, schneidet es auf und belegt eine Hälfte mit Käse.

„Willst du heute zum Hafen?" fragt sie.

„So rechte Lust habe ich nicht", antworte ich und schaue ihr in die Augen.

„Doch. Du musst deinen Arouet finden", meint Celine.

„Wer weiß, ob der wirklich kommt."

„Du musst ihm schon eine Chance geben." Celine denkt einen Moment nach und muss lächeln.

„Was findest du dabei lustig?" frage ich.

„Ach, nichts. Nur so ein Gedanke. Aber es ist schon in Ordnung, wenn du dich ein bisschen im Hafen umschaust. Ich hab' nämlich einen Termin in Ars. Leider. Ein Atelier will einige meiner Bilder übernehmen. Es dauert nicht lange. Gestern konnte ich noch nicht ahnen, dass du mir über den Weg läufst."

„Wo ist Ars?"

„Zwanzig Kilometer von hier. Ars en Ré. Ist aber nicht so schön wie St. Martin."

Sie nimmt einen Schluck Kaffee.

„Dein Arouet - hast du eine Ahnung, wie der aussieht?"

„Nein", antworte ich. „Aber er scheint zu wissen, wie ich aussehe. Mir bleibt nur zu warten und zu hoffen, dass er sich zu erkennen gibt."

„Dann musst du dich ins ‚Colonnes' setzen. Da kommen eigentlich alle vorbei, die St. Martin besuchen. Dort siehst du die meisten Leute, und wenn Arouet dich sucht, wird er das sicher auch dort tun. Das war schon richtig, dass du dich gestern dorthin gesetzt hast."

Ich muss schmunzeln.

„Das glaube ich inzwischen auch."

Celine stellt ihre Tasse an die Seite. Dann sucht sie meine Hand, umfasst sie und schaut mich an.

„Es ist schön mit dir."

*

Wir verlassen Celines Haus, als es schon Nachmittag geworden ist. Nach einigen Metern bleibt sie vor einem Motorrad stehen und schließt es wie selbstverständlich auf. Ich bin überrascht. Eine CBX mit Rennverkleidung.

„Die gehört dir?"

Celine hat meine Reaktion amüsiert beobachtet.

„Traust du mir so etwas nicht zu?"

„Na ja. Schon. Aber gleich so eine Rakete ...“

„Man muss sie nur fahren können. Du kennst das doch."

„Ich? Wieso?"

Celine zögert einen Moment.

„So wie du die Maschine ansiehst, bist du auch Motorrad gefahren."

„Stimmt."

„Na schau. Und dann weißt du auch, dass man damit ganz schnell von Ars wieder zurück nach St. Martin fahren kann. Und das ist doch nur gut."

Sie drückt ihren Körper fest an mich, sucht meine Lippen, küsst mich erst zaghaft, dann fordert sie meine Zunge heraus. Nach einem langen Augenblick löst sie sich wieder, wirft sich die braune Lederjacke über und greift nach dem Helm.

„Solltest du Arouet treffen, grüß ihn von mir und sag ihm, dass ich dich heute Nacht nicht entbehren kann."

Sie gibt mir einen Kuss, setzt den Helm über, schiebt die Maschine vom Hauptständer und startet sie. Der Klang des Vierzylinders ist mir bekannt. Nur hört er sich etwas laut an. Celine deutet auf die Auspuffanlage und ich bemerke, dass die nicht serienmäßig ist.

„Steig auf!" ruft sie.

„Ich habe keinen Helm!"

„Den brauchst du hier nicht!"

Sekunden später fahren wir langsam die engen Gassen hinunter zum Hafen, immer wieder aufgehalten durch die Menschen, die von Boutique zu Boutique schlendern. Am Hafen hält Celine, damit ich absteigen kann.

„Mach nicht zu lange mit deinem Arouet", ruft sie. „Ich bin abends wieder hier!"

Sie schaut mir in die Augen, greift noch einmal meine Hand. Dann löst sie sich, lässt den Motor im ersten Gang aufheulen, jagt die Hafenpromenade entlang, bremst kurz ab, blickt zurück, winkt mir, lässt den Motor wieder aufheulen und ist kurze Zeit später hinter den Häusern verschwunden.

*

Vor mir steht bereits der zweite Pastis, mit einer Schale voll grüner Oliven und einem Glas Wasser. Vom „Colonnes" kann ich die Hafenpromenade gut übersehen. Eine Zeitlang ist es interessant, die Menschen zu beobachten. Schaut man genauer hin, erkennt man schnell, wer hier lebt und wer nur als Tourist die Insel besucht. Die Inselbewohner lassen sich Zeit, lieben es, irgendwo stehen zu bleiben und zu plaudern, aber sie haben doch ein Ziel, das sie im Auge behalten. Ganz anders die Menschen, die die Insel besuchen. Wenn sie die Promenade entlang schlendern, bleibt ihr Blick selten auf etwas Bestimmtes gerichtet. Eher flüchtig nehmen sie die Eindrücke auf, und wenn sie im „Colonnes" eine Pause machen, sind ihre Gespräche andere als die der Menschen aus St. Martin.

Natürlich beobachte ich all das aufmerksam. Arouet sollte sich längst gezeigt haben. Irgendwie müsste er sich zu erkennen geben. Und Celine hat völlig Recht: Wenn man sehen will und gesehen werden will, dann tut man das hier an der Hafenpromenade. So betrachte ich die vielen Gesichter, die an mir vorbeiziehen, immer in der Hoffnung, dass doch eines von ihnen plötzlich seinen Ausdruck verändert, dass da jemand mehr als nur flüchtig zurückschaut. Wie könnte Arouet aussehen? Ich habe keine Anhaltspunkte. Sollte er sein Spiel über so lange Zeit spielen, um schließlich doch den Mut zu verlieren? Hat sich da vielleicht doch jemand einen Scherz erlaubt? All diese Überlegungen helfen nicht weiter. Arouet muss sich zeigen. Wenn nicht, war das Ganze ein schlechter Scherz.

Meine Gedanken gehen zu Celine. Und schon meine ich erneut den Duft ihrer Haut spüren zu können. Ich schließe die Augen. Bilder der Nacht werden wach. Mir ist, als würde mich ihr Haar berühren. Es ist der Wind, der heute vom Meer kommt und die Hitze der Sonne abmildert.

Ist es richtig, was ich getan habe? Ein Gefühl im Magen drängt sich an die Oberfläche und bohrt. Der Zauber des Augenblicks kann nicht alles rechtfertigen. Gedanken und Gefühle kommen und gehen, und nach einiger Zeit habe ich mich selbst in diesen Gedanken verloren, in einem diffusen Gefühl, dass es weder gut noch böse war, was ich getan habe. Bis ein Geräusch mich aufschreckt. Ein Motorroller rast unmittelbar am Café entlang.

Ich lasse meinen Blick weiter aufmerksam über die Tische und Stühle des „Colonnes" streifen, wieder in der Hoffnung, dass jemand zurückschaut, nicht so, wie es Celine gestern getan hat, aber doch so, als würde auch er suchen. Aber nichts davon.

Ich bestelle noch einen Pastis und warte. Und beobachte die Menschen auf der Promenade. Und warte.

Eigentlich wäre es wieder an der Zeit zurückzugehen, aber es hält mich. Ich kann es mir nicht vorstellen, dass Arouet einfach gelogen hat. Warum dann all die E-Mails, all die Briefe?

Es ist dunkel geworden. Zwischenzeitlich habe ich mir noch ein „Kronenbourg Gold" bestellt. Der Kellner hat mich etwas seltsam angeschaut. Wer sitzt hier so lange, ohne dass irgendetwas geschieht?

Inzwischen sind alle Stühle besetzt. An der Bar wird lebhaft diskutiert. Aber es will mir nicht mehr gelingen, genau hinzuhören oder hinzuschauen. Ich zahle und mache mich auf den Weg. In der kleinen Pension hole ich meinen Rucksack, kläre, was zu klären ist. Dann bin ich wieder in den Gassen, gehe vorbei an Boutiquen, in denen man auf letzte Kunden hofft.

*

Nachdem ich den schweren Türklopfer bewegt habe, dauert es eine Weile, bis Celine öffnet. Ich blicke in ihre Augen und sehe sofort, dass etwas nicht stimmt. Dann erkenne ich den weißen Verband an ihrem rechten Oberarm. Sie drückt sich an mich. Ihr Körper zittert.

„Komm rein", flüstert sie unsicher. Ich schließe die Tür, ohne sie aus den Armen zu lassen. Das Atelier ist fast dunkel. Aus dem Nebenraum scheint etwas Licht herein.

„Gut, dass du da bist", sagt Celine leise. „Ich hab' ..." Sie bringt den Satz nicht zu Ende. „Ich brauch' dich jetzt. Halt mich."

Sie lehnt ihren Kopf an meine Schulter und fast bewegungslos bleiben wir stehen, minutenlang, bis Celine sich von mir löst, meine Hand nimmt und mich ins Nebenzimmer führt. Ich bemerke, dass sie etwas unsicher geht.

Wir setzen uns auf die rote Couch. Erst jetzt bei Kerzenlicht kann ich an ihrem Blick erkennen, wie unsicher und verwirrt sie ist.

„Was ist geschehen?"

Celine zögert.

„Gibst du mir einen Schluck Wein? Ja? Bitte."

Ich sehe vor mir die Gläser und die Rotweinflasche. Ich fülle eines der Gläser zur Hälfte und gebe es ihr in die Hand. Sie nimmt einen kleinen Schluck.

„Auf der Rückfahrt ... in einer Kurve. Auf der Gegenspur hat plötzlich jemand überholt. Er hat mich nicht gesehen. Ich musste ausweichen und bin von der Straße." Sie stellt das Glas ab, nimmt meine Hand.

„Dann ging alles so schnell. Bin mit der Maschine ins Feld gerast. Und dann lag ich. Sie haben angehalten.

Und dann war auch bald ein Notarztwagen da. Meine Maschine ist okay. Nur die Verkleidung hat was abbekommen."

„Denk nicht an die Maschine. Was ist mit dir?"

Sie schaut mich an.

„Ich hab' Glück gehabt. Verdammtes Glück gehabt. Der Fuß ist gezerrt und der Arm ist aufgeschürft. Das tut weh, aber ich hab' verdammtes Glück gehabt."

Ich blicke auf ihren Arm. Celine bemerkt es.

„Es ist in Ordnung. Nicht schön. Aber nur eine Schürfwunde."

„Du zitterst."

„Ja. Schon die ganze Zeit. - Und es ist gut, dass du da bist."

Sie umarmt mich. Sucht meine Lippen, küsst meinen Hals. Dann lehnt sie sich an, vergräbt sich zwischen meinen Armen, versteckt sich unter ihrer dunklen Mähne, versucht mein Herz schlagen zu hören.

Es ist so still, dass ich das Flackern der Kerzen hören kann. Celine bewegt sich nicht. Nur das Zittern will nicht aufhören.

„Das wird wieder", flüstere ich.

„Nein", sagt sie leise. „Ich glaub', ich kann nie wieder auf ein Motorrad steigen."

„Lass dir Zeit. Alles wird heilen."

Celine richtet sich langsam auf, fährt mit der Hand durch ihr Haar und blickt eine Weile zu einer der Kerzen. Dann schaut sie mich an.

„Hast du das auch erlebt?"

„Ja", antworte ich. „Einmal."

„Und?"

„Ich wollte nie wieder Motorrad fahren."

Celine lächelt. Dann verliert sich ihr Blick.

„Hast du darüber nachgedacht, wie das wäre ..., wenn du mal ... kein Glück hast."

„Darüber darf man nicht nachdenken."

Sie nickt. Ich gieße Wein in das zweite Glas und nehme einen Schluck.

„Aber ich muss darüber nachdenken", sagt Celine. „Wie das ist, wenn nichts mehr ist. Ich kann nicht anders. Wie ist das, wenn Celine nicht mehr ist? Was ist danach?"

„Wir wissen es nicht."

Sie nimmt ebenfalls einen Schluck Wein.

„Und wenn nichts mehr ist ...? Was ist das dann?"

„Was meinst du?"

„Mein Leben. Die Liebe. Die letzte Nacht. All meine Gefühle. All meine Gedanken. Dann ist alles so, als wenn nie etwas gewesen wäre."

Sie schaut mich an. Ich weiß ihr nichts zu antworten.

„Und wenn es so ist, so leer", fährt sie fort, „so ohne Halt? Warum leben wir?"

Sie schaut zu Boden und lässt sich das Haar ins Gesicht fallen.

„Was war das heute?" frage ich sie. „Wolltest du, dass es dich trifft?"

Sie schaut auf.

„Nein", flüstert sie. „Nein."

Sie nimmt wieder meine Hand.

„Warum sollte ich das. Die letzte Nacht war so schön. Aber ... ich denke manchmal so. Ich frage mich manchmal, wozu alles gut ist. Sind wir denn hier, um für irgendetwas zu büßen? Da ist der Tod. Unsere einzige Gewissheit. Mit ihm wird alles wertlos, was uns im Leben jemals etwas bedeutet hat."

Sie hält inne.

„Verstehst du, was ich meine?"

Ich nicke, und ihr Blick trifft meinen.

„Ja. Irgendwann in deinem Leben fragst du, aber die Welt gibt dir keine Antwort. Und plötzlich wird alles fraglich."

„Richtig", sagt sie leise. „Aber was bleibt dann, wenn nichts einen Sinn hat? Einzig der Tod ist gewiss. Er reißt uns in den Abgrund und zugleich all unsere Träume, Sehnsüchte, all unsere Liebe." Sie überlegt einen Moment. „Könntest du dir vorstellen, einfach das Motorrad zu nehmen und Gas zu geben und auf der Land-straße direkt auf einen der Bäume zu zielen?"

Sie blickt mich an, sucht in meinen Augen eine Reaktion auf das, was sie gesagt hat.

„Und deine Freunde", fährt sie fort, „mit denen du früher Motorrad gefahren bist - hätten sie es getan?"

Ich greife mir das Weinglas, nehme einen Schluck und blicke einen Moment in das Flackern der Kerzen.

„Wir waren damals nicht nur eine Motorradgang. Wir haben sehr viel gemeinsam gemacht. Das war noch während der Zeit des Studiums. Wir haben auch manches Buch gemeinsam gelesen und nächtelang darüber gesprochen. Kennst du ‚Le Mythe de Sisyphe' von Camus?"

Celine nickt. „Es handelt vom Selbstmord."

„Ja, und es handelt von dem, was du gerade gesagt hast. Von dem Menschen, der sucht, und der Welt, die schweigt. Vom Tod. Und von der Wertlosigkeit, die der Tod schafft. Wir haben es damals gemeinsam gelesen, mein Freund Peter und ich. Nächte haben wir darüber gesprochen. Und uns war klar, dass wir uns immer für das Leben entscheiden würden, trotz allem."

„Auch wenn es sinnlos ist, wenn alles im Nichts endet?" fragt Celine.

„Wenn es so ist, wie du sagst, dann bleibt uns eine kleine Spanne Zeit. Unser Leben. Wir können auf nichts hoffen, aber wir sind hineingeworfen in unser Schicksal, und in dieser kleinen Spanne haben wir die Freiheit und die Chance, unser Leben in die Hand zu nehmen. Der Tod ist da, als die Grenze. Das ist die Bedingung dieses Spiels, das Leben heißt. Wir schulden dem Leben einen Tod. Und wir können keinerlei Ansprüche geltend machen. Aber unsere Würde besteht darin, trotz des Nichts, das scheinbar über uns herrscht, dem Leben Größe zu geben, das Leben zu unserem eigenen Kunstwerk zu machen. Es wird tragisch bleiben, weil der Tod das Ende setzt, aber die Größe des Menschen kann genau darin bestehen, seine Gefühle, seine Träume, seine

Liebe wachsen zu lassen, auch und gerade, wenn das letztlich sinnlos sein sollte."

„Und dein Freund Peter. Hat der genauso gedacht?"

„Ja."

Auch Celine schaut hinab zum Holzboden, zu den Kerzen, nimmt einen Schluck Rotwein.

„Du sagst, die Größe, die wir unserem Leben geben, gibt ihm seine Würde. Meinst du, das ist für jeden überzeugend?"

„Für uns war es überzeugend. Wir sind damals nicht Motorrad gefahren, weil wir lebensmüde waren. Uns war klar, dass der Tod nicht berechenbar ist und dass ein Unfall uns jederzeit packen kann. Wir müssen die tragische Seite des Lebens annehmen. Das Leben wird so gespielt. Was sonst sollten wir tun? Und warum das Leben wegwerfen? Es ist ein Geschenk. Es gibt den Schmerz, aber es gibt auch das Glück. Und du brauchst nicht viel, um glücklich zu sein, wenn du nur offen für das Glück bist. Manchmal kann es dich eine lange Zeit tragen, manchmal ist es ein Moment, der dich fühlen lässt: Das Leben gefällt mir."

Celine schaut noch immer in das Flackern der Kerzen. Dann wendet sie sich mir zu, umarmt mich, vergräbt sich erneut in meinen Armen und lässt sich die Haare ins Gesicht fallen. Das Zittern ihres Körpers will nicht aufhören.

„Danke", flüstert sie.

Ich wage nicht ihr zu antworten, so zerbrechlich scheint der Augenblick. Draußen in den Gassen ist es still geworden. Nur vereinzelt höre ich Möwen, die noch nicht zur Ruhe gekommen sind. Und dann das Meer. Weit entfernt laufen Wellen Mal für Mal auf die Küste zu. Ich spüre Celines Atem, ruhig und gleichmäßig. Ihr zarter Körper hat zu zittern aufgehört.

*

Als ich erwache, liegt Celine nicht mehr neben mir. Die Sonne scheint bereits ins Fenster. Ich suche sie in der Küche, in einem Nebenzimmer, finde sie dann im Atelier am Schreibtisch. Sie hat sich ihre schwarze Jeans angezogen, und ein dunkelbraunes T-Shirt. Das Haar fällt ihr spielerisch um die Schultern. Nur der weiße Verband wirkt ungewohnt. Als sie mich bemerkt, faltet sie ein Blatt Papier zusammen, auf dem sie eben noch geschrieben hat, steckt es in einen Briefumschlag und verschließt ihn. Dann dreht sie sich um, lächelt mich an, steht auf und umarmt mich. Ihre Lippen tasten sich vor, suchen meine Lippen, meine Haut.

„Guten Morgen, Langschläfer", sagt sie.

„Guten Morgen. Was machen die Wunden?"

„Der Arm tut weh, wenn ich ihn bewege. Aber es ist auszuhalten."

Celine hält mich fest und wir bleiben eng umschlungen, bis sie sich traut, die Stille zu durchbrechen.

„Willst du wirklich heute schon fahren?"

„Ich hab' es versprochen", antworte ich zögernd.

Für einen Moment schweigen wir, erspüren uns, lassen nur unsere Körper sprechen.

„Die Fähre nach La Rochelle geht um elf," sagt Celine schließlich. „Die müsstest du nehmen." Sie schaut mich an, bemerkt meine Unsicherheit.

„Vielleicht ist es richtig so", sagt sie. „Alles ist nur eine Frage der Zeit, und es tut immer weh."

Wieder vergräbt sie sich in mir, lässt mich ihren Körper spüren. Dann schaut sie mich an und lächelt.

„Lass uns zusammen frühstücken. Ich lade dich ein."

Wenig später sitzen wir im „Colonnes", an einem der Tische, von denen aus man den Hafen gut sehen kann. Celine hat bestellt. Sie nimmt sich eine Zigarette, lässt das Feuerzeug aufleuchten und genießt den ersten Zug. Ich nehme ihre Hand, blicke sie an, ohne etwas sagen zu können.

„Nun hast du deinen Arouet doch nicht gefunden", überrascht sie mich.

Ich zögere einen Moment, überlege.

„Das war wohl nur ein dummes Spiel. Ich bin enttäuscht, aber es ärgert mich nicht mehr. Ich habe dich gefunden."

Sie lächelt.

„Ja, das stimmt."

Sie nimmt einen Zug, streicht sich mit der Hand durchs Haar, schaut mich an. Fast gelingt es ihr, ruhig zu bleiben. Sie greift in ihre Handtasche und holt einen Brief heraus.

„Ich hab dir einiges aufgeschrieben. Aber du darfst ihn erst öffnen, wenn du in Spanien bist."

„Warum so geheimnisvoll?"

„Frag nicht. Es ist richtig so."

Ich nehme den Brief, betrachte ihn von allen Seiten, überlege.

„Schwörst du es?"

„Ja", sage ich und erhebe die rechte Hand zum Schwur. Wir müssen beide lachen.

Ich blicke zum Meer. Es ist Flut. Segelmasten tanzen hin und her. Das Geschrei der Möwen liegt über dem Hafen. Celine folgt meinem Blick.

„Es ist eine schöne Insel", sagt sie. „Du hast das Meer, die weißen Häuser, die Rosen. Und nachts die Stille. Komm wieder, wann immer du willst."

Sie nimmt meine Hand, hält sie fest. Unsere Blicke berühren sich.

Der Kellner bringt ein großes Tablett heran. Wir haben noch etwas Zeit.

*

Kurz vor elf läuft die Fähre ein. Celine begleitet mich zum Kai.

„Ich bin nicht gut, wenn es um Abschied geht", sagt sie.

„Wer ist das schon?" antworte ich.

„Wenn die Fähre ablegt, fahr ich. Ich kann so was nicht."

Ich nicke und schaue sie an.

„Ich will dich noch einmal spüren", sagt sie, umarmt mich, findet meine Lippen.

So bleiben wir zusammen stehen, minutenlang, bis uns jemand vorsichtig anspricht. Die Fähre wartet nicht.

Sekunden später stehe ich an der Reling. Celine ist zu ihrem Motorrad gegangen. Sie schaut zu mir her, winkt, wirft mir einen Kuss zu. Dann startet sie den Motor, lässt die Maschine langsam über die Hafenpromenade laufen. Ihr Haar weht im Fahrtwind. Noch einmal schaut sie zur Fähre, unsere Blicke treffen sich. Dann beschleunigt sie und ist zwischen den Häusern verschwunden.

Die Sonne steht hoch. Es ist keine Wolke am Himmel. Das Wasser reflektiert das Licht, so dass die Augen beim Hinsehen schmerzen.

*

Am späten Abend erreicht der Zug Portbou, unmittelbar hinter der Grenze. Da die Bahngleise in Spanien eine größere Spurweite haben, müssen hier die Züge gewechselt werden. Bleiben zwei Stunden Zeit, bevor es weiter geht in Richtung Barcelona, nach Arenys.

Ich sehe mich etwas um in Portbou. Die gewaltige Bahnanlage beherrscht das Ortsbild, nimmt einen großen Teil des Tales ein. Portbou ist eingeschlossen, zum Meer hin durch das Wasser, zum Land hin durch die Gebirge.

Ich gehe einen Hügel hinauf, zum Friedhof der Stadt. Von hier kann man weit über das Meer blicken. Die Boote sind wie kleine Perlen auf dem Wasser.

Auf dem Rückweg entdecke ich ein ungewöhnliches Monument: ein Quader aus Stahl. Etwa drei Meter hoch, zwei Meter breit und zum Meer abfallend dreißig Meter lang. Vom Hügel aus gelangt man ins Innere des

Monuments. Eine Treppe führt abwärts. Bald bin ich von Stahlwänden umgeben, lasse das Licht hinter mir, steige hinab. Ich bemerke, dass mich der Weg aus Stahl zum Meer führt. Am Ende der Stufen müsste ich aus dem offenen Quader etwa vierzig Meter hinabstürzen, doch dann erreiche ich eine dicke Glasscheibe, die mir den Weg versperrt. Ich sehe darin mein Spiegelbild und dahinter das Meer, und für Sekunden wird beides eins und ich verharre bewegungslos.

Dann kehre ich um, gehe die Stufen wieder hinauf, steige von Stahlwänden begleitet zum Licht.

In der Nähe des Monuments finde ich eine Bank. Dort setze ich mich, lehne mich zurück, um die letzten Sonnenstrahlen einzufangen. Die Augen geschlossen, wandern meine Gedanken noch einmal die Stahlstufen hinab. Noch einmal stehe ich am Abgrund. Da bin ich, da ist das Meer. Für einen Augenblick wirkt etwas in wortloser Sprache und hindert daran weiterzugehen. Nicht hinab, sondern zurück zum Leben! Und so wandern die Gedanken weiter: Sonnenstrahlen, die meine Haut berühren, führen die Erinnerung zur Ile de Ré. Deuten den Sinn der Sinnlichkeit. Auch die Sinnlichkeit, die in Arenys wartet. Aber Gegenwart: Für einen Moment ist nichts als das unmittelbare Gespür. Und das Wissen, dass alles gut ist. Leben gefällt mir.

Irgendwann greife ich in das Seitenfach des Rucksacks. Da ist Celines Brief. Ich öffne den Umschlag und falte ein Blatt auseinander, das mit gleichmäßigen, fast kunstvollen Buchstaben auf beiden Seiten beschrieben ist ...

*

Mon Amour!

Nur so kann ich dich anreden, denn all die anderen schönen Namen gehören doch der Frau, die du wirklich liebst. Aber ich bereue nichts. Obwohl ich mir eigentlich alles ganz anders vorgestellt habe. Nun stelle ich mir vor, wie du schaust, nachdem du diesen Satz gelesen hast. Das verstehst du nicht? Es ist so einfach. Du hast wirklich nichts bemerkt. Aber ich konnte es nicht übers Herz bringen, dir alles zu sagen, denn es hätte zerstört, was war. Und es war wunderschön. Obwohl ich das nie vorhatte. Aber als es dann so war, wollte ich nicht zurück. Egal, ob es gut oder schlecht ist. Ich weiß, dass du dir ähnliche Gedanken gemacht hast. Aber es ist eine Sache zwischen uns. Das bleibt sie, und so ist es gut.

Hast du wirklich nie etwas bemerkt? So ist es wohl. Sei nicht böse. Ich heiße nicht Celine. Du hast gefunden, was du suchst. Hast du nie daran gedacht, dass eine Frau hinter all dem stehen könnte?

Du warst der einzige, der mir Klarheit verschaffen konnte. Und das hast du getan. Sicherlich ist dir auch das nicht aufgefallen. Erinnerst du dich an unser Gespräch über den Selbstmord? Die Antwort, die du mir gegeben hast. Du konntest nicht ahnen, dass mir diese Antwort sehr viel bedeutet.

Vor einem Jahr habe ich dich das erste Mal gesehen. Auf einem Friedhof. Es war die Beerdigung deines Freundes Peter. Du hast mich damals nicht bemerkt. Wie solltest du auch? Du hast mich ja nicht gekannt. Und Peter hat dir nie von mir erzählt. Alle meinten, er führe regelmäßig nach Mannheim, um zu arbeiten. Um sein Motorrad und seine Wohnung bezahlen zu können. Bis heute verstehe ich nicht, warum er es geheimgehalten hat, dass er eben nicht nach Mannheim fuhr, sondern nach Luxembourg - zu mir. Damals lebte ich dort. Und ich liebte dort. Den Mann, den du so gut kennst wie wohl kaum einer. Bis auf sein kleines Geheimnis.

Nur durch einen Zufall hatte ich erfahren, dass er mit dem Wagen gegen den Baum gefahren war. Niemand kannte mich. Wer sollte mich benachrichtigen. Auf seiner Beerdigung war ich eine Fremde. Obwohl ich gerade jetzt nicht allein sein konnte. Aber ich konnte auch nicht Peters Geheimnis auflösen. Jetzt, wo er tot war.

In den kommenden Wochen habe ich es in Luxembourg nicht mehr ausgehalten. Zu viel erinnerte mich an das, was ich mit Peter erlebt hatte. Zu viele Tränen. Ich ging zurück in meine Heimatstadt Sarlat. Aber ich fand keine Ruhe. Peter soll den Wagen ganz bewusst an den Baum gelenkt haben. Selbstmord. Ich konnte das nicht verstehen. Warum sollte er das tun? Nie hatte er so etwas geäußert. Dann fand ich einige Bücher, die er gelesen hatte, und mir kamen Zweifel. In einem dieser Bücher ging es um den Selbstmord. Du weißt, welches ich meine.

Wer konnte mir weiterhelfen? Wer kannte seine Bücher und wer wusste, was er darüber dachte? Nur du konntest mir etwas dazu sagen. Peter hatte mir erzählt, dass ihr die gleichen Bücher gelesen habt. Können Bücher töten? Können sie uns in den Selbstmord treiben? Aus Angst habe ich seine Bücher nicht mehr angerührt.

Was konnte ich tun? Es war mir unvorstellbar dich einfach anzurufen. So etwas kann man nicht am Telefon besprechen. Und ich hatte überhaupt Zweifel, ob ich mit dir Kontakt aufnehmen sollte, denn ich durfte Peters Geheimnis nicht verraten. So erfand ich ein Spiel. Ich hatte Voltaire gelesen, und ich wusste einiges über dich. Kannst du dir den Rest selbst zusammenreimen? Was als Spiel begann, wurde immer ernster. Denn es war doch eine ernste Frage, die ich dir stellen wollte. Aber wie war das möglich? Schließlich hatte ich mich in meinem eigenen Spiel hoffnungslos verrannt. Der Vorschlag, Dich auf der Ile de Ré zu treffen, war ein völlig verrückter Gedanke. Es war eigentlich auch kein Ausweg. Hätte ich nicht einfach nach Minden fahren können? Ich konnte mich nicht dazu entschließen. Mir fehlte der Mut, denn da war Peters Geheimnis. Als ich vor zwei Wochen St. Martin erreichte, war mir klar, dass das Spiel ein Ende finden musste. Ich konnte nicht das Geheimnis bewahren und gleichzeitig eine Antwort erhalten. - Und dann warst du hier. Und hast mir die Antwort gegeben. Ohne es zu bemerken.

Sei nicht böse. Das alles ist nicht logisch und nicht vernünftig. Weil ich es wohl selbst nicht sein konnte. Und es ist auch nicht konsequent, dass ich dir das Geheimnis verrate. Aber ich muss es dennoch tun. Wie könnte ich anders?

Nun bist du fort. Hast du dein Versprechen gehalten? Bist du jetzt in Port Bou? An der Grenze? Du musst weiterfahren. Grenzen sind Übergänge. Zum Leben.

Ich werde heute noch einmal zur alten Zitadelle gehen und mich auf die Mauer setzen, um auf das Meer zu sehen. Es ist immer anders. - Ich umarme dich.

Deine

Françoise - Marie Arouet

Inhalt